AF392997

El guapo en su final, y otros relatos

Javier Rey

Primera edición: diciembre de 2010
Segunda edición: junio de 2019
Depósito legal:
ISBN: 978-84-614-5424-2

Agradecimientos

Quiero agradecer, en particular, la ayuda en la realización de este libro a mi amiga y correctora, Erika Cosenza, a quien tengo el honor de tener como "primera lectora" de mis escritos. Sin su ayuda, sin sus observaciones, pero fundamentalmente sin sus ánimos estoy seguro de que nunca hubiera enviado a imprenta estos textos. De todo corazón, gracias.

Que este libro sea realidad también es consecuencia de ser quien soy, como persona y como lector/escritor. Las influencias podrían ser infinitas, pero voy a simplificar ese universo a dos personas.

A mi abuela Angélica, por haberme enseñado con persistencia y paciencia a dibujar las primeras letras desde los cuatro años. Todavía recuerdo la presión de su mano sobre la mía mientras me guiaba el trazo.

A mi madre, por haberme comprado siempre todos los libros que le pedí, y los que no. Gracias por alimentar y alentar mi curiosidad.

Javier Rey, Barcelona, noviembre de 2010

*A las caprichosas,
dulces y crueles musas;
por acogerme en sus regazos de cálida arena,
antes de arrojarme al frío abismo de la soledad.*

La caza de Felipe

La mancha negra que cubría su ojo izquierdo como el parche de un pirata era de sus particularidades la que lo hacía lucir más bandido ante los ojos de los humanos. Al ser el resto de su cuerpo blanco, la mancha resultaba aún más obvia y provocadora. Estaba ahí, a la vista, luciéndose, desafiando, haciéndolo decir "Sí, soy un bandido ¿Y qué?". La notoria marca física era acompañada por compadritas actitudes: la cola ladeada a un costado, con la punta parada y balanceándose con la lentitud y el ritmo acompasado de quien sabe esperar con la paciencia y la persistencia de un péndulo; la aparente indiferencia de las orejas que ni siquiera se movían ante el canto de un pájaro que surgía de los frondosos árboles que estaban a su espalda, ni ante el sonido que producía alguna hoja seca al caer en los baldosones grises de la vereda que se encontraba bajo sus narices, ni ante la aceleración de algún auto que apuraba la marcha por la calle que corría a unos quince metros de su flanco derecho. Nada parecía capaz de conmover su reposo en la parecita donde tomaba sol cada tarde de primavera. La superficial falta de preocupación, la frialdad de sus movimientos, la majestuosidad de las poses que seleccionaba para descansar y el no utilizar casi nunca sonidos para comunicarse hacían de Felipe el gato más respetado del barrio entre los miembros de su raza. Nunca había perdido una pelea entre los pocos gatos que se habían atrevido a desafiarlo y que habitaban en la misma cuadra que él, y sus victorias habían pasado los confines de la manzana en la que se extendía su reino. A ciento cincuenta metros, en la otra cuadra, habían tenido lugar sus combates más apoteóticos. Ahí, donde solía mandonear esa bola de grasa manchada de un color petróleo, entre negro y marrón, que siempre lucía como si acabara de pasar el lomo por la parte de abajo de un auto engrasado, y a quienes los humanos de una casa en la que a menudo dormía en el techo llamaban Carbón, también había ido para dejar en claro que él era el rey. "Siempre tan sucio y repulsivo", se podrían haber traducido los pensamientos gatunos de Felipe a la lengua humana. Para él, un gato de la calle y sin estirpe noble, pero que había aprendido a comportarse con los modales de un persa azul de exposición cuando se lo proponía, Carbón era un insulto a su raza, "casi un perro", era su frase preferida para defenestrar a su enemigo ante alguna gatita pizpireta.

Sus andanzas habían llegado hasta los oídos de los perros de la zona. Ninguno se atrevía a perseguirlo abiertamente apenas lo avistaban, como a los otros gatos. Y las dos o tres veces que lo acorralaron debajo de algún vehículo les había arrancado unos cuantos chillidos fruto de los rasguños que sabía acertar con precisión en el húmedo hocico de las bestias. En la zona donde les brillaba la humedad de la nariz sabía que era donde más les dolían los ataques de sus uñas. La técnica era casi la de un boxeador y la había aprendido de uno de sus protectores, un chico que siempre lo sentaba sobre su regazo y le hacía de esparrin con sus dos manos, cuando él apenas había aprendido a tomar la leche del plato.

A pesar de que platos nunca faltaban en la vida de Felipe, ya que en la casa donde paraba le ofrecían suculentos menúes de hígado, carne picada y arroz dos veces al día, él nunca dejaba de mantenerse en forma por si venían tiempos más duros. Tal vez por esto, y por su inquieto espíritu aventurero, uno de sus hobbies favoritos era la caza. De todas las presas sus favoritas eran las aves. Los ratones y las lauchas eran para gatos aficionados, para cachorros que necesitan practicar; aunque respetaba mucho a las ratas que podían dar un buen combate si estaban bien alimentadas y a un tamaño considerable le sumaban algo de desesperación. Igualmente, los roedores precisaban más esfuerzo que habilidad. En cambio, con las aves era inútil correr como un desbocado, golpearse con los bordes de los lugares que elegían para esconderse los pequeños mamíferos y sacrificar así la compostura que distingue a todo buen gato del resto de los animales. En la caza de palomas, el máximo ejemplar al que podían aspirar los gatos del lugar, todo se centraba en la inteligencia para acercarse hasta la víctima. El único esfuerzo físico era el salto final sobre el trofeo y sólo había una oportunidad: un movimiento en falso durante el acoso que avivara la mirada del ave o un error en el ataque decisivo y la gloria escapaba hacia el cielo con la rapidez de un globo de gas.

Muy pocos gatos en su vida logran cazar una paloma en buena ley, es decir sin que esté herida, con las alas rotas o con alguna dificultad que le impida volar. La gracia era atrapar un ejemplar sano. Hacerse con un trofeo de este tipo transcendía las fronteras de los animales y el suceso podía llegar a ser contado por los humanos a sus hijos y nietos, orgullosos de haber poseído bajo su cuidado un felino tan inteligente. Dado que la vida de los hombres era mucho más larga que la de los gatos, esto significaba que la leyenda podía llegar a las orejas de incontables generaciones en la familia gatuna.

Él mismo recordaba como el abuelo de aquel pequeño humano que lo recogió de la calle siempre le contaba a su nieto las andanzas de un gato llamado Adriano que había tenido bajo su protección. Entre las proezas que solía escuchar Felipe de este personaje de leyenda, que había llegado a admirar, estaba siempre su habilidad para cazar aves. El gorrión que atrapó en pleno vuelo, la torcaza que apresó en el suelo lanzándose desde un árbol y hasta la increíble pelea que mantuvo con una cigüeña, animal que él jamás había visto, eran algunas de las anécdotas que alimentaban las fantasías de Felipe. Estas historias que para los humanos habían transcurridos una o dos generaciones atrás, para los gatos eran eternas.

Claro que la gloria y el reconocimiento muchas veces llegaban a largo plazo. Felipe recordó que una de sus dueñas una vez lo corrió con la escoba y gritaba de una forma horrible, estropeando su paseo triunfal por el comedor, la cocina y las habitaciones de la casa, cuando al portar una calandria en su boca llenó de sangre los pisos del hogar. ¡Qué poca visión tienen los humanos de las grandes hazañas cuando son cometidas! Sólo meses después una nimiedad como el enchastre del parqué fue dejada atrás por la mujer para dar paso al relato de su cacería como una muestra de orgullo por el gato al que le daba de comer.

Sin embargo, la caza no era algo que buscara todo el tiempo con locura, más bien se trataba de aprovechar las oportunidades que pasaban ante sus sensibles bigotes, y que por fin lograban parar hasta la máxima rigidez sus orejas y abrir los ojos cuyos colores se tornaban en un cielo gris azulado tormentoso a punto de explotar ante la idea de un paseo victorioso con un suculento trofeo.

Precisamente éstas fueron las transformaciones que sufrió su aspecto y las que inquietaron lo que parecía un eterno descanso bajo el sol que pegaba en la pequeña pared aquella tarde. El motivo: una paloma detenida en la calle, a escasos diez metros de su solario, que picoteaba algo del piso.

En ese momento, el resto del mundo desapareció en la mente de Felipe. El único objeto que era claro y visible tenía plumas y pico. Un mecanismo en su interior comenzó a funcionar más allá de su voluntad y ya no se pudo detener. En vez de pararse, lo que hizo fue agachar aún más sus patas delanteras, con su pecho casi apoyando sobre el suelo. Lentamente, sin dejar de clavar sus ojos sobre la paloma, arrimó sus patas delanteras al borde de la pared que descendía treinta centímetros hacia la vereda y las dejó deslizarse verticalmente hasta tocar el piso, instante en el que sus miembros traseros se levantaron de la pared y cayeron con la suavidad de una pluma también en el suelo. Ya en el mismo nivel del blanco, las patas delanteras se estiraron lo más que pudieron y el centro del pecho rozaba el piso, así comenzó a acercarse con movimientos acompasados y todo el largo de su cuerpo estirado en su máxima extensión. Los pasos eran lentos, pero muy largos, lo que le permitió acercarse a la paloma, que en ese momento estaba muy concentrada en lo que parecía ser un pedazo de factura, sin demasiados problemas. El corazón de Felipe se aceleró por el acercamiento inminente al momento crucial. Una vez a dos metros, no era la emoción por igualar las hazañas que escuchaba entre ronroneos cuando cachorro lo que lo hacía estar tan excitado. De hecho, su mente estaba en blanco, como quien se prepara a dar un salto al vacío, pero la tensión en su pecho y el aire seco en su garganta le indicaban que pronto probaría la gloria, o rasguñaría la decepción. La pose, a corta distancia del objetivo, cambió. Ahora, las cuatro patas se pegaron lo más posible al cuerpo, que seguía siendo agachado contra el asfalto de

la calle y los pasos eran muy cortos con pequeños dete-
nimientos que le permitían estudiar los movimientos del
ave. En el último paso, a un metro, las patas traseras se
apretaron contra el cuerpo con la tirantez de una honda y
las delanteras avanzaron un poco más. El cuerpo se tiró
para atrás, hasta comprimirse contra las patas traseras y
entonces, ante la imposibilidad de estirarse más, patas,
uñas, cuerpo, cabeza, orejas, pelos, cola, bigotes y unos
afilados colmillos salieron disparados hacia delante como
por una catapulta con dirección al bulto de plumas grises
ya borrosos ante los nublados ojos de Felipe.

Solamente sintió el fuerte palpitar de su corazón. El
pecho se hinchaba con cada golpe que venía de su interior con una fuerza increíble, con la tensión de un
elástico de goma que se empecinaba en tirar hasta donde
el límite entre lo posible y lo irreal se confunde en dolor,
donde ya no tiene importancia qué ocurrirá en el próximo
instante. Junto con los vehementes embates de su corazón
un frío recorrió su cuerpo. Se dio cuenta que era frío sólo
por el contraste que sintió con la sangre caliente que
comenzaba a mojarle la cara y empañar sus ojos que
intentaban con las orbitas desbordantes tratar de entender
que estaba ocurriendo mientras parpadeaban con vio-
lencia para escurrir el espeso líquido. Alcanzó a ver unas
fauces que parecían aferrarse a su cuerpo y comprendió
que la sangre que le tapaba la visión era la suya, junto
con los aleteos desesperados que ya no pertenecían a su
voluntad sino a una sistemática y caprichosa reacción de
sus reflejos. Recién fue en ese momento, cuando vio el
pelaje blanco moverse con respecto al piso que comprendió que era transportada en la boca de un gato, que
sintió miedo. Sólo fue por un segundo. Porque la muerte
tomó rápidamente el lugar del miedo y trajo tranquilidad

a la paloma al comprender lo que había pasado. Se dejó desvanecer y permitió que su imaginación resbalara hacia aquellos cielos azules que una vez cruzó con el arrebato de quien cree que el mundo le pertenece.

Prólogo de una tormenta

Gris perla. El contacto acelerado del caucho con el asfalto arrancó un chirrido que se transformó en un signo de fastidio y desaprobación consigo mismo en la cara de Hugo Frascati. "Calmate boludo", se dijo en voz alta mientras desaceleraba un poco la camioneta que acababa de meter en la ruta tras llenar el tanque de gas en la última estación de servicio que encontraría hasta llegar a su destino. Gris perla. ¿Existiría ese color? Volvió a mirar el cielo encapotado a través de los insectos muertos que granizaban el parabrisas y detuvo la pregunta en su mente por un segundo... Seguro que sí. Al menos para él, que siempre utilizaba esa tonalidad para describir a las tormentas que acechan por días y no se deciden a atacar. Estaba cerca la tormenta de Santa Rosa y el clima lo tenía nervioso. Cuando el tiempo se ponía así tenía la sensación que debía moverse rápido, dejar todo listo antes de que se largue. Antes de que la lluvia lo sorprendiera con un trabajo sin terminar. ¿Cuándo mierda terminaría de amenazar y se largaría el chaparrón? Decidió oprimir el botón negro del limpiaparabrisas y el mecanismo escupió un poco de agua a los insectos pegados que tapaban la visión. Luego un poco de detergente, otro poco de agua y las dos varillas cubiertas con goma arrastraron los cuerpos de los bichos hacia los costados del vidrio, dibujando dos semicírculos perfectos que le permitían ver el largo camino que faltaba recorrer. Un cartel verde pasó veloz por el costado derecho del vehículo indicando que faltaban setenta y seis kilómetros para Alberdi. Esa era la distancia que había desde su Puerto de Palos, Junín, hasta el lugar donde había sido encontrado el cadáver.

Otro Inspector de Homicidios se hubiera puesto contento de tener una oportunidad de ver rota su rutina, pensó. Colaborar con los casos de caza indiscriminada de liebres en la zona, amonestar a algún turista por arrojar objetos contaminantes a la laguna y mandar a su casa a alguna prostituta que ofrecía sus servicios al costado del camino eran las tareas más emocionantes que había cumplido en el año que llevaba en el cargo. Muchas veces se había preguntado para qué necesitaban un Inspector de Homicidios en una zona tan tranquila; pero como el puesto le convenía, la paga era buena y le dieron una casa para él, su esposa Alicia y su hijita, nunca le importó mucho cuántos votos ganaría el político que tomó la resolución de favorecer a Junín con una presencia tan inútil como popular. Lo único que se le había cruzado por la cabeza en ese entonces era ver a su pequeña Anabella crecer en la libertad del campo y no en un balcón enjaulado de la capital. A pesar de que su hija contaba con tres años, no pudo evitar ligarla con la adolescente de trece que había sido asesinada la noche anterior.

Prendió la radio y una lluvia de ruidos, interferencias y voces estranguladas retumbaron en la caja trasera del vehículo utilitario. Los insectos en el parabrisas, el color del cielo, el monótono sonido del motor y la marca amarilla que corría de manera autista en el medio de la cinta asfáltica hacían que el momento pareciera detenido en el tiempo. Sólo alguna comadreja aplastada al borde del camino que se perdía rápidamente por un costado de la camioneta indicaba que estaba avanzando. La mortalidad del animal también le recordó el crimen. Apagó la radio. "Okey, será mejor que pienses en el caso", se dijo. Mientras más rápido terminara todo, mejor.

El llamado que recibió a las seis de la mañana había sido realizado por un tal Menéndez, un oficial de la comisaría de Alberdi que obtuvo su número particular al llamar a la Regional de Junín, base en la que desempeñaba habitualmente su trabajo. El policía le comentó que un vecino de la zona había encontrado el cadáver de una adolescente en la entrada del cementerio del pueblo. Él mismo tomó la denuncia alrededor de las cinco de la mañana y, antes de llamarlo, se dirigió personalmente al lugar para constatar tan extraordinario acontecimiento. Según explicó, la desconfianza en la veracidad del hallazgo partía de que el denunciante era nada menos que el borrachín del pueblo. También agregó que el cadáver no había entrado todavía en rigor mortis y que no lo había reconocido como el de ninguna chica del pueblo (pues la población era de menos de sesenta habitantes y se conocían todos), con lo cual decidió llamar a la Regional de Junín directamente, sin expandir la noticia entre los pobladores. A los efectos de que la noticia no comenzara a correr como un reguero de pólvora, el oficial había retenido al testigo, le había avisado en persona al cuidador del cementerio (a quien fueron a buscar a la casa porque no se quedaba en el lugar durante la noche) y los tres se dirigirían allí al cortar la comunicación. Luego del "espero su presencia para seguir actuando", y el apresurado "clinc" telefónico, Hugo comprendió que toda la responsabilidad estaba en sus manos: el noble oficial Menéndez ya había pasado la pelota.

La camioneta pasó un cruce de ruta y a la derecha pudo ver el camino que conducía a Lincoln. Sin quererlo, pero obligado por la conciencia profesional, Hugo recordó el crimen cometido tres meses antes y dos kilómetros hacia la Laguna de Gómez. El hecho era similar. Una chica de quince años había sido encontrada debajo del puente que cruza la laguna, la zona más concurrida por los pescadores que sueñan con un enorme pejerrey para la foto. Ese día, uno de los pescadores logró con el anzuelo tirar la presa más inolvidable de su vida. Sólo que no pudo evitar soltar la caña y caer de rodillas al suelo al ver el azulado rostro de la niña que se deslizaba en el agua gracias al impulso de su ril. La chica resultó ser la nieta, y único familiar, de un viejo, casi ciego y arteriosclerótico a quien cuidaba en un rancho de mala muerte en las afueras del pueblo. Nadie se quejó mucho por ella. No hubo marchas de silencio. Y el viejo terminó en un asilo municipal sin entender muy bien lo que había pasado y casi más feliz que con su nieta. No se habían encontrado restos de semen en la vagina, pero a la chica le faltaba la bombacha y había rastros que indicaban violación. A pesar de que se había jurado en voz alta y en nombre de su propia hija encontrar al hijo de puta que había cometido el crimen, jamás pudo hacer nada por aclararlo. La hipótesis indicaba que la chica había estado haciendo dedo en la ruta, forma en la que habitualmente viajaba, y algún desconocido la recogió. Eso era todo. Así de simple. La violó, la estranguló y se deshizo de la criatura como de una bolsa de basura.

Ahora, el punto de similitud lo mantenía tenso. En ambos casos, la víctima había sido arrojada en un lugar público, de fácil acceso tanto para desconocidos como para la gente del lugar. Y más aún en el caso de la Laguna de Gómez, la única atracción medianamente turística de la zona. Vecino del lugar o no, el asesino había querido dejar los despojos de su acto a la vista de todos. Si bien podía significar una coincidencia, también era un desafío personal. Una asignatura pendiente que volvía a golpear la puerta de su conciencia.

***

El cementerio de Alberdi daba la impresión de ser la única construcción sobre la faz de la tierra. Estaba varios kilómetros alejado del pueblo y a una distancia considerable de cualquier cosa. El lugar era perfecto para deshacerse de un cadáver, legalmente o no. Ocupaba un cuarto de manzana en una esquina de un terreno y, en esa época del año, los campos a la vista mostraban ondular sobre sus superficies mechones de pastos marrones y mojados que se sacudían al viento con un salvajismo poco creíble. Todo era poco creíble. Pero era verdad. Así que Frascati fue aminorando la marcha de la camioneta al entrar en el camino de tierra que se separaba de la ruta, a unos doscientos metros del cementerio.

Divisó de lejos el viejo Ford pintado con los colores policiales y dirigió una mirada al óxido que estaba masticando los guardabarros traseros de la patrulla al frenar detrás del vehículo. Antes de apagar el motor, vio a un viejo de boina y pullover azul parado en el viejo portón de hierro y a un joven pardo con uniforme policial que salía de la entrada como para venir a darle la bienvenida. Las botas de Hugo cayeron juntas a tierra y la puerta se cerró seca detrás de su espalda.

—¿Menéndez?

—Así es, señor. Lo estábamos esperando —dijo el joven oficial mientras se hacía la venia. Él es Joaquín Valdez —señaló al viejo mientras éste se llevaba la mano a la boina en señal de saludo y escabullía la mirada.

—¿Usted encontró el cadáver? —disparó Frascati.

—Sí. Esta mañana, ¿vio? Cuando iba pa' el pueblo

—expelió con indudable olor etílico.

—¿Dónde estaba?

—Ahí, en la entrada del cementerio. Del lado d'adentro, pegao a la reja —respondió el viejo con claros gestos que corroboraron su ebriedad.

—Sigue estando ahí, no lo movimos. Pero nos costó abrir la puerta sin correrlo —agregó Menéndez—. Por eso fui a buscar al cuidador.

El tercer hombre, con cara de no haber despertado de la pesadilla, saludó aludido con la mano alzada que todavía sostenía el manojo de llaves.

Frascati avanzó hacia el lugar y vio el bulto. Las piernas estaban desnudas y lo que había sido una pollera larga, ahora enrollada y rota, apenas tapaban las partes pudendas. La piel de las piernas estaba tamizada con hojas y tierra. Igual que el pelo lacio y negro que le cubría la cara. Sólo se asomaba una nariz suave y una boca linda que todavía mantenía el color que invita a besar.

—¿Encontró algo más, algún objeto, algo anormal? —preguntó en vano el inspector sabiendo la respuesta del inútil oficial.

—No, señor inspector. No toqué nada —apuró Menéndez.

Frascati se puso en cuclillas, levantó un poco la pollera y vio el sexo de la chica: no tenía bombacha.

—¡Mierda! —masticó despacio. Para comprobar lo que temía abrió el cierre de la campera deportiva azul que llevaba la chica y levantó la remera: a pesar de sus pocos desarrollados senos, tenía un corpiño color beige. Levantó la vista al cuello y adivinó la macabra labor de unas manos fuertes: la nuez estaba casi hundida.

—¿Y? ¿Hay algo? —se animó Menéndez en voz

baja.

—Creo que la estrangularon, aunque eso deberá determinarlo el forense. Y además le robaron la bombacha, al menos que esté por ahí. ¿Usted encontró alguna prenda en el cementerio? —se dirigió al cuidador.

—No, don. Y eso que hice una recorrida apenas abrimos

—Si está, tendría que estar por acá por la entrada igual, porque a la chica me parece que la tiraron adentro por arriba del portón —Frascati había visto la tela de la campera desgarrada en dos puntos y con marcas de óxido, el mismo que recubría algunas puntas del viejo portón.

Pidió por radio una ambulancia para trasladar el cuerpo y ordenó al oficial llevar a los dos testigos a la comisaría una vez que llegara el vehículo. La recorrida por el cementerio fue más para hacer tiempo en espera del transporte para el cadáver que para encontrar alguna pista. También pidió el apoyo de otra patrulla y un fotógrafo de la Bonaerense para registrar la escena. Cuando todo el circo terminó el cielo ya estaba negro por la inminente tormenta.

—Parece que se vino aguantando —comentó Menéndez con la nariz hacia arriba.

—Sí, se aguanta. Pero no creo que por mucho —respondió dándole un tono ensimismado a la última frase el inspector.

La ambulancia y la patrulla de apoyo ya levantaban polvo, y Frascati lo palmeó suavemente en la espalda al oficial: "Vaya llevando al cuidador y al viejo a prestar declaración. Luego hablamos". Una venia y dos arranques fallidos más tarde el maltrecho Falcon también se alejaba. Hugo lo vio achicarse y prendió un cigarrillo. Ante sus ojos apareció, ondulante, perpetua, la cara de la chica. Chasqueó la lengua y se dirigió a la camioneta pensando en su propia hija, y en aquel posible padre.

***

Las primeras gotas comenzaron a caer sobre el parabrisas ni bien salió del camino de tierra y tomó la ruta. Cada vez más rápidas las porciones de agua estallaban y se esparcían entre los restos de los bichos pegados al vidrio. Cuando el aguacero furioso tapó la visión, prendió los limpiaparabrisas. Entonces la vio al costado de la ruta: piloto azul, pantorrillas desnudas, zapatillas embarradas, pulgar en alto, no más de 15 años. ¡¿Cómo podía ser que tantas chicas se animaran a hacer dedo?! Hugo pensó en no parar, pero después de todo él era la ley, estaba para proteger. Pensó en ese otro desconocido que podía estar acechando. Mientras frenaba la camioneta un poco más adelante, vio venir por el retrovisor derecho la sonrisa fresca, la cara de niña iluminada de esperanza ante un alma buena. Destrabó la puerta, y mientras esperaba que la adolescente llegara, metió la mano en la guantera y se llevó a la nariz la bombachita beige que había obtenido la noche anterior. Embriagado, comprendió que se había vuelto a enamorar. Entonces, subió la chica.

Siete menos veinte en Buenos Aires

Qué color, qué luz tendrás a esta hora imprecisa no registrada en las radios con el top chillón colocado en el vacío por algún operador habilidoso. Estará oscuro ese septiembre infantil para los taxis que deambulan lentos pegados a tus cordones. Despeinará el viento al cruzar Plaza de Mayo por Balcarce para tomar 25 de Mayo. Se amontonará la gente en el andén de Castelar esperando el próximo local. Saltará alguien, en este preciso momento, un molinete en Once para salir de la estación sin pagar. Mi madre se dará cinco minutos más, que se harán veinte o cincuenta, escondiendo su cabeza bajo las sábanas, mientras en la mesita de luz Magdalena le lee los diarios del día. Cuántas personas se acurrucarán apretadas en los asientos de tus colectivos rumbo a un trabajo ingrato, cerrando los ojos para escapar de las dos o tres paradas más. ¿Cuántas?

Cuántos jóvenes de veintipico no despertarán hasta dentro de tanto por falta de estudio y laburo. ¿Se sentirán tristes tus calles, más vacías y más opacas que otros años se resistirán todavía a reflejar un albor mentiroso? O triunfarás y te vestirás de luto, que no será ni negro ni blanco, sino gris: el mismo que portan intrínsecos los porteños que ya no te habitan.

Qué renovadas calumnias albergarás en tus edificios públicos dentro de unas horas. Cuántos cafés chamulleros humearán en tus mesas compinches fieles de una lengua tramposa. En las sombras de tus arrabales, no quiero ver cuántos preparan las armas para secuestrar a alguien. Me niego a ver miseria en tus calles, mi amor, mi ciudad, me niego a olvidarte. En esta hora dónde todavía queda tanto para que todos los perversos se despierten, hay tiempo para que me enfríes la cara con tu viento de río. ¿Te acordás? Extraño tus caricias heladas. También tu aliento a humo de colectivo, si querés que lo admita, si ése es el precio. Necesito tu abrazo de tango en el aire y ya no me importa que sea tan húmedo, que me moje la frente al correr la última de tus oportunidades. Sigo esperando el batacazo que me enseñaste a añorar. Y en la espera *revivo* tu herencia de lágrimas, tu presencia altiva, tu infame nombre de Reina del Plata. A esta hora temprana, todavía tenés una medialuna caliente para tu amante remolón, y muchos buenos sueños para aquella mujer que te dejé llorando en Parque Las Heras.

Perdoná el abandono, sabé perdonar en esta hora benévola la huída tan dolorosa de tus cruces de basura quemada, de cacerolas fantasmas. Estás a tiempo con tus mejillas recién lavadas de rocío de besar a tus hijos con más esperanza. Antes de que se llenen tus autopistas y la 9 de Julio, mi nostalgia se transforma en pedido. Porque todavía habrá flores en tus puestos que van llegando mojadas, claveles rojísimos que a esta hora del día aguardan su destino de fiesta o velorio. En esa esperanza de la incertidumbre de la que sos maestra, en la enseñanza de tus hondas lecciones que atenúan las penas cuando no queda nada, se esconde el milagro del minuto número cuarenta de las seis de la matina; que ya no pertenece al seis sino al siete, en la voz del mozo que cambia la información por un pocillo manchado de blanco. Si mi frente está lejos de tus labios recién despiertos, tenés otras que mimar. No dejás de ser postal mientras un 64, ya sin asientos libres, saluda al Obelisco en su matinal odisea a la Boca. En la intimidad de la tibieza, antaño más tibia, de las cocinas de tus casas, un mate o un café prepararán el día. Yo paso. A pesar de que ante tus ojos querendones he madrugado, para mí, aquí en Barcelona, ya es demasiado tarde para un amargo o un dulce. A las doce menos veinte, el mediodía está perdido. Sin embargo, el hechizo fugaz y profundo del minuto que encierra tu hora maga me deja llegar a tiempo para contemplar tus escenas. Me transporta total a esa infinita porción porteña de tu peculiar universo durante sesenta eternos segundos. Privilegio es, por amarte y haberte vivido a las siete menos veinte de la mañana, Buenos Aires.

Barcelona, jueves 5 de septiembre de 2002
11:40 de la mañana

Der Papierane

Mathias Sindelar atraviesa las atigradas sombras del túnel, sube los peldaños y es tragado por la luz. El sol reverbera en las tribunas y al asomar el rostro siente los silbidos que bajan primitivos desde el pasado latino pidiendo la cabeza del gladiador. No se acomoda la cinta de capitán porque el distintivo no se usará hasta muchos años más tarde. Pero los miles de milaneses reconocen al líder del equipo austriaco. Hoy no rodará su cabeza, pero los italianos, sabe, serán como leones sin la exigencia de cumplir con el reglamento. Es 3 de junio de 1934, semifinales de la segunda copa mundial de fútbol y, él no lo sabe, su último partido en un mundial. El año anterior Austria había humillado en la propia Italia a esta misma selección por cuatro a dos, su equipo estaba entonado; Mozart, Wunderteam, eran algunas de las palabras impresas en letras de molde para calificar al capitán y sus hombres en los periódicos de Viena y de Europa.

Sindelar tiene una ocasión individual clara de batir a Combi en el segundo tiempo, pero justo al patear el balón Monti le hunde el botín en su muslo izquierdo y la pesada esfera se va contra el madero. El argentino, nacionalizado italiano, le pega durante todo el partido (años después el técnico italiano Vittorio Pozzo dirá de la actitud de Monti contra Sindelar: "Vedeva rosso, e contro di lui e contro le danze a base di finte che gli faceva davanti e le continue richieste di penalty, aveva una paura matta di perdere le staffe"). Guaita ya había hecho parar al Duce en el palco imperial a los veinte minutos con el uno a cero definitivo en posición adelantada. "El público, una vez más, hizo mella en el buen nombre del colegiado sueco Eklind, que no quiso ver cómo los jugadores italianos se propasaban una vez tras otras en sus entradas", dirán los diarios fuera de la tierra del Dante al día siguiente. Los golpes de Monti dejan al capitán fuera de la disputa por el tercer puesto.

A pesar de todo, Sindelar es feliz, si las sensaciones de su alma se pueden adivinar a través de la sonrisa que le regala a Camila, su mujer, cuando llega a su casa en un barrio de Viena; si un roce en la mano al recibir el cálido plato de sopa; si unos masajes en las piernas del goleador más querido del pueblo en las sábanas blancas recién puestas... La lluvia cae tras el ventanal de los Sindelar, y con la frente dormida del amor frente a sus labios Mathias considera evaporada la figura del débil gobierno de Dolfuss, las luchas intestinas en su querida Austria, las piedras de los cada vez más belicosos nacionalsocialistas y la sangrienta represión de febrero contra la Republikanishche Schutz-bund. Fuerza el abrazo y siente todo el peso del cuerpo deseado, ahí está su salvación, lo que lo hace inmortal: él es Dios.

Un mes y medio más tarde Dollfuss es asesinado durante un intento de golpe de estado, pero los nacionalsocialistas no alcanzan el poder.

Der Papierane —Sindelar era muy delgado, como un papel de calcar, de perfil sólo sobresalía su inocultable nariz hebrea, pero tenía una pose firme, casi nerviosa, que sus rivales subestimaban antes de quedar sentados en la barro ante la primera finta— sigue disfrutando de cosas sencillas, dejarse arrastrar por el viento por los caprichosos cursos de las empedradas callecitas rumbo a la panadería y al puesto de diarios, y devolverle la pelota con un malabar a algún chico de su barrio si se le va lejos: las caras de los chicos cuando lo reconocen, corren a él y se detienen de golpe a cierta distancia, ojos brillantes, bocas abiertas y le preguntan algún mágico secreto con los que hace bailar la pelota es el mayor premio que le da su carrera. Mientras las sombras nazis se alargan en el anochecer de la racionalidad, el sol de Austria ilumina a Sindelar con la intensidad que muchas veces nos hace negar la cercanía del ocaso. Los triunfos con su club, el cariño de su pueblo y los dulces momentos con Camila no se pueden esfumar así como así. Quién puede quitarle la soberbia del que se sabe amado por una mujer venerada, quién puede robarle sus besos, despegar sus almas...

El 12 de marzo de 1938 las fuerzas alemanas entran en Viena sin hallar resistencia: con ellas Heinrich Himmler, jefe de la Gestapo y las SS. En la capital heredera de una de las culturas más refinadas de la humanidad son detenidas, torturadas y asesinadas 67.000 personas, las cárceles austríacas se llenan y se construyen campos de concentración. Bajo la Anschluss (anexión) el gobierno de Seyss -Inquart entrega su país y queda a cargo de Ostmark: denominación medieval que quita a Austria la categoría de país.

La selección nacional había logrado la clasificación para el mundial de Francia cinco meses antes por 2 a 1 frente a Letonia (dos años más tarde Letonia también desaparecerá de los mapas durante medio siglo). Sindelar ve como su revancha de mundial es anexada al Tercer Reich, junto con las instalaciones deportivas, y un telegrama que le anuncia el obligado honor de vestir el uniforme ario en el torneo de junio. Algunos de sus compañeros, medrosos, explican avergonzados a su capitán que no les queda otra salida que aceptar, otros piensan en el triunfo de levantar el trofeo más allá de las banderas. En diversos tiempos, Sindelar tiembla, tiene miedo, se indigna, estruja con bronca los pliegues del camisón con sus dedos en el regazo de la esposa y llora con amarga tristeza el inicio del fin; siempre, se niega a aportar su arte al triunfo deportivo de la cultura nazi.

El judío comienza su calvario: es marcado como opositor, le impiden la entrada en el club, imponen castigos a quien le de trabajo, su pasaporte es anulado al intentar cruzar la frontera y, escapando por el escaso territorio de la nueva colonia alemana, finalmente es objeto de una recompensa a quien lo delate.

Mathias y Camila comparten el hambre sin egoísmos, aferran la mezcla de sus dedos delgados y agradecen el viento helado de la libertad en sus caras durante los éxodos nocturnos de un escondite al otro. Los labios partidos, la piel ajada por el invierno, la carne blanda de sus muslos, los pechos cada vez más caídos marcan en ella el paso de los malos tiempos y afirman más el amor de él. Un ex compañero del Wunderteam los denuncia y las SS los cercan. El campo de concentración, la separación y ver ultrajada a su esposa son verdades inminentes. El hombre tiene miedo, la mujer lo decide: hace frío y es un buen día para pasar la eternidad abrazados. Torcer el destino de la derrota, elegir otro final. Algunas fuentes fechan el último día de la pareja el 22 de enero de 1939, otras en 1942. Algunas dicen que Sindelar termina sus días en un campo de concentración, otras que el suicidio se produjo con una pistola. En otros posibles finales Sindelar acepta jugar para Alemania y obtiene la copa del mundo; huye de Austria hacia América antes de la anexión; es torturado y humillado en un campo; su mujer es violada por soldados y obligada a ser vejada hasta por el perro de un guardia. Todos fueron sopesados y sufridos por ellos. En éste, Mathias y Camila juntan sus manos y entrelazan para siempre esa única voluntad a la llave de gas de la cocina. Mathias Sindelar va cerrando los ojos con la imagen de la duplicación de sus actos en las retinas de Camila, atraviesa las atigradas sombras del túnel, sube los peldaños y es tragado por la luz.

El guapo en su final

En los primeros días de febrero de 2005 me encontré observando en la habitación que ocupaba en la casa de mi madre la única foto que colgaba en la pared y que había tomado tiempo atrás. La imagen, en blanco y negro, mostraba dos torres gemelas borroneadas por lo que parecía humo y escoltadas por un cielo gris plomo rasgado por profundas grietas. Las torres eran las que se levantan detrás del Parque Las Heras, y el efecto se debía a que el objetivo apuntaba a un charco de agua que se formaba tras los días de lluvia en una isla de cemento que todavía quedaba en el centro del parque y sobre el cual se reflejaban los dos edificios. El truco que formaba el humo inexistente y la atmósfera misteriosa era que estaba expuesta al revés —la parte superior era la base y viceversa—, y me había hecho ganar el primer premio del público en el concurso de fin de año de la academia de fotografía donde cursaba por ese entonces el nivel básico. Era diciembre de 2001 y el impacto que causaba la foto se debía a que en la mente de todo el planeta todavía estaban las imágenes de aquellas otras torres. Acerca de cómo encontré la imagen diré lo más importante: durante ese año, sin trabajo y a punto de irme a vivir a España, frecuentaba a una mujer que vivía a media cuadra del parque y me encontraba paseando mientras hacía tiempo y llegaba la hora de la cita, acabando con el rollo que tenía que entregar al otro día en la clase. Tres años y dos meses después esa mujer se había transformado en mi ex pareja, tras haber sufrido varias mutaciones entre las que se encontraban amante, amiga, novia, concubina y, por sobre éstas, la de mujer-de-mi-vida. Ese día, ese único día que ya duraba dos meses, estaba destrozado acudiendo desesperado a cada elemento que me recordara su ausencia. Este motivo, por el cual miraba la fotografía, no es un dato menor ya que de las muchas cosas que me llevaron a pensar en ella el Parque Las Heras —el lugar donde ella todavía vivía y donde habíamos compartido techo durante el año que acababa de terminar tras haber vuelto yo de España— se hizo presente en varias ocasiones.

Entre la terapia, el alcohol, el lexotanil y la tele, los libros también se barajaban inútiles entre su rostro, sus besos, sus caprichos y sus crueldades, los cuales me acechaban simultáneamente, sin misericordia, sin descanso. Durante ese tiempo que menos tenía que ver con mi vida sobre la tierra que bajo ella, llegué a tener un promedio de lectura de un libro cada dos días. El que recuerdo es Vuelan las palomas de Carlos Gorostiza, un libro que encontré doloroso por varias coincidencias que me obligaban a seguir recordándola: el protagonista es un argentino que se exilia en Barcelona —ciudad de la que yo había vuelto para vivir con ella— y hablaba una y otra vez de su infancia cerca de la penitenciaría que se levantaba en el Parque Las Heras. Para colmo, en una escena se refugia en el Pasaje Barolo, cuya cúpula da enfrente a la ventana de la oficina en la que trabajaba mi ex y desde la cual, en las ocasiones que yo la había ido a buscar al trabajo, admiraba el particular edificio. Oficina que, por otra parte, compartía con su ya nuevo amante y compañero de trabajo —sí, ella se sabía reponer mucho más rápido que yo, o por lo menos "dar vuelta las páginas más rápido sin mucha reflexión", como me repetía mi psicóloga con la no tan efectiva intención de que yo comprendiera el valor de mi duelo en contraste con la alegría de ella—. Por el Pasaje Barolo había pasado hacía un mes haciendo tiempo antes del último encuentro que tuve con ella en el café La Moncloa...

Volviendo al Parque Las Heras, en el libro flota todo el tiempo la escena de un fusilamiento que tiene lugar en el interior de la penitenciaría y cuya sangre derramada persigue al héroe a lo largo de toda la novela hasta que sobre el final de su vida vuelve a visitar, ahora ya parque, el suelo donde ejecutó como parte de un pelotón a su amigo y mentor, intentando reconocer el lugar exacto de la caída. El charco de agua que dio vida a la imagen de mi foto me remitió a la sangre de la escena del libro, y los sucesos de esos días —el 10 de febrero de 2005 se produjo un sangriento motín en una cárcel de Córdoba— a la sangre de otros caídos. Por eso no creo que haya sido casualidad que fuera ese mismo día que llegó a mis manos la historia de Benito Amancio, y de aquí la necesidad de explicar la cadena de hechos que, con la paciencia de la labor que requiere una telaraña, me llevaron a conocer su pena y su muerte.

Los sucesos finales acontecieron en febrero de 1930. Los diarios no le dedicaron demasiado espacio, y en las hemerotecas solamente una crónica desempolva la muerte de Darío Straface, quien tras sufrir varias puñaladas en el vientre, murió desangrado en una pieza de un caserón sobre la Calle de los Tambos. La breve nota en la sección policiales nada dice del calor de ese verano, del sudor frío en la frente de Amancio, de su caminata insomne por el empedrado hacia su trágico destino, ni de los huecos de los adoquines que minutos después le darían cálido cobijo al puñal ensangrentado —de aquí la demora relatada por el cronista que tuvieron los agentes en encontrar el arma homicida.

Amancio solía merodear la cuadra, de día o de noche, y entrar al edificio por la puerta de madera verde. Así atestiguaron varios vecinos del conventillo de enfrente. De profesión era guapo, de ocupación escasa y de corazón huidizo. Por esto último se había empezado a preocupar cuando un día cayó en la cuenta que llevaba ocho meses golpeando la misma puerta: al fin, se había metejoneado. Malena Colodrero estaba separada, era independiente, vivía sola, le llevaba varios años y... para la época estos datos eran suficiente: la relación estaba destinada a la clandestinidad. Los encuentros eran apasionados y nadie duda que llegaron a amarse. El filo del facón de Amancio cada vez brillaba por su San Telmo natal menos que sus ojos al llegar a Palermo con el tranvía. El salto desde el escalón de metal y el aterrizaje de su pie derecho en el cordón de la vereda opuesta a la pared de la penitenciaría —la cárcel que después lo albergaría estaba sólo a media cuadra de ese otro cepo al que se había acostumbrado a marchar feliz— le marcaba la llegada a otro mundo, extasiado, orgulloso, lleno y con la indispensable cara de mamerto que el estado requería. ¡Si la barra me viera la jeta!, pensaba serio, y enseguida reía con una carcajada sonora, contento. La caminata por los adoquines, la vista a su izquierda de la copa de las palmeras que asomaban por sobre los paredones de la cárcel, el giro a la esquina obligada a la derecha, los tres golpes con el llamador de la puerta verde y los minutos de espera eran un preludio mágico del abrazo sostenido de los delgados brazos de Malena, de su sonrisa dentada, de sus ojeras no siempre disimuladas, de su "entrá sonso" y de sus besos prolongados, mojados, generosos. Malena era un espíritu libre, le gustaba el champagne casi más que el whisky, y disfrutar de sus burbujas casi más que el amor. O la duración de este último estaba muy ligada a la efervescencia de aquéllas. La cosa era una fiesta para los dos.

Al principio, y conociendo la fama de Amancio, la policía podría haber pensado que fue un ajuste de cuentas o una partida de truco ida de madre. Lo encontraron a una cuadra del lugar con la mano empapada en sangre hasta el puño de la camisa y la mirada desorbitada, muy, muy húmeda. No se resistió. A través de la puerta verde entornada del caserón, los vecinos que habían dado el aviso al guardia de la otra cuadra todavía sentían los gritos y llantos de la mujer.

En el último mes, Malena había comenzado a ralear las visitas de Amancio. Que no se sentía bien, que un viaje a la costa, que unos compromisos con amistades inasequibles a él ... El gil, como él mismo se decía, comenzaba a pagar el precio del metejón. El rumor le llegó en forma de comentario socarrón de boca de un habitué del viejo almacén. "¡Qué raro vos por acá! ¿No te dieron turno este fin de semana? Andá pispiar por los lagos de Palermo, no todos los que se picotean son patos". Amancio se contuvo de darle una cachetada y se marchó del lugar: sabía que ése no era el destinatario de su odio.

Las piernas le temblaban y apurando la llegada del tranvía hizo la mitad del trayecto caminando. Se sentó agazapado en el umbral de un portal profundo casi en la esquina de la transversal a la casa. Esperó. Una, dos y casi en la tercera hora vio a una cuadra, con su vista ya cansada, el brillo del vestido verde: al lado, el traje gris con tiradores. Los rulos colorados, la risa hacia al cielo con todos los dientes y sus brazos en jarra alrededor del brazo derecho del otro fueron signos suficientes para sentir el abismo. Vacía su alma los vio girar la esquina,

36

abrir la puerta y, con una punzada en el pecho, desaparecer a los dos tras la puerta. Esperó un rato más. Respiró agitado, se pasó los dedos por la frente grasa de sudor, apretó los puños y palpó el fierro bajo el saco. Esperó un rato aún, imaginando qué hacían en esos minutos, recordando el ritual del que tantas veces había formado parte, pero ya con la cara borrosa del otro en su lugar. Esperó, y con cada segundo de espera imaginó una escena distinta, con más agitación y menos ropa: primero la falda, luego la enagua, luego el portaligas... Esperó que las escenas avanzaran y, cuando llegó la que esperaba, comenzó a cruzar la esquina. La mano le bailaba, pero no le costó forzar la cerradura con la funda del facón sin hacer mucho ruido: muchas veces le había hecho observar a ella lo fácil que era de abrir, que pusiera un pasador por dentro, que se cuidara... Se deslizó silencioso por el pasillo con el tronar del corazón en la garganta. Las baldosas a rombos pasaron eternas bajo sus pies hasta llegar a la tercera puerta de la derecha. La abrió. Tuvo que sostener muy fuerte el puñal porque los nervios le habían quitado hasta el habla, sólo su tórax se agitaba y lo guiaba ciego hacia el bulto. Los detalles no son precisos, poco importa. Sí es cierto que no la pudo matar a ella, porque la sola idea le mojó las mejillas. Pero también es cierto que el arma ya estaba desenfundada: alguien debía saciar la ira del metal y su filo. Fue Straface, podría haber sido cualquier otro.

Amancio paseó su cuerpo por varias estaciones de la burocracia, fue observado e interrogado por mucha gente antes de ser condenado a media cuadra de la tragedia. Dicen, poco registró esas consecuencias secundarias de su último acto. Estaba ido, y tan sólo una vez rompió la tara para balbucear su nombre y un por qué. Su voluntad hizo un esfuerzo final dos semanas después. Durante el final de un motín era trasladado junto con otro detenido del pabellón de las celdas al de la enfermería: había dejado de ingerir alimentos hacía seis días. Un recluta recién castigado hacía exhaustivos ejercicios con su sable: no reaccionó al ver el cuerpo flaco y la cara recientemente barbada abalanzarse con los brazos abiertos hacia la punta del arma extendida.

Malena no fue al entierro, ni al de Straface ni al de Amancio. Dijo, no le haría bien. Unas semanas después se la vio riendo, radiante, del brazo de otro caballero sobre las ruedas de un mateo y con un cielo exageradamente celeste como fondo.

En esta única hora que sigue acogiendo mis vanas reflexiones me he preguntado varias veces, o tal vez una que no empieza ni acaba, si en las coincidencias de las historias el lugar donde el sable derramó la sangre de Amancio será el mismo que acogió la del personaje del libro. Y si de alguno de los dos brotó el agua que inspiró mi foto. Al pasado, la ficción y la realidad le persisten las palmeras. Bajo la delgada silueta de alguna de ellas todavía se cruza la sombra de mi cuerpo junto al de ella en aquel atardecer donde le di el beso que comenzaría nuestro romance.

Demonización del rojo

Lo vi tan claro. Fue una mañana de diciembre, en vísperas de Navidad. Tras dormir más de doce horas, entre sueños nebulosos y sudores de profecías, obtuve la respuesta: había que eliminar el color rojo. Uno se lo pregunta años y años, analiza el sentido de la vida, la misión del espíritu, lee las palabras volcadas durante siglos por pensadores desde el cincel, desde un teclado ergonómico, pero es un día, solo uno, y de Navidad (¿hay acaso un día más rojo?) que encuentra el camino, la salvación del alma.

La tarea, por cierto, era más complicada de lo que ya vislumbraban mis ojos desde la posición horizontal de mi lecho: ¡había tantos objetos que poseían el color impío! ¿Pero qué esfuerzo no vale la redención? Eliminar todas las cosas en el perímetro de mi casa era el primer paso: el mundo podía esperar. Las quemaría en una hoguera en el medio del jardín, donde terminaría la tarea cortando todas las flores y plantas que poseyeran la demoníaca tonalidad.

Me levanté temprano, lo comprobé mirando mi reloj de muñeca, negro, pero al que le cruzaba una línea roja: lo desabroché y lo arrojé directamente por la ventana al jardín.

Decidí empezar por los libros y las revistas, es decir por el trabajo que consideré más arduo debido a la cantidad de bibliotecas abarrotadas que había en la casa. Comencé por la parte de arriba. De la biblioteca del pasillo, desaparecieron el libro de lectura y el *workbook* de mi primer año de inglés, los doce tomos de la enciclopedia del Círculo de Lectores y los planos de la zona Sur de la guía Filcar. De los estantes del escritorio, salieron un cuaderno de apuntes del secundario, un diccionario de la primaria, *La Lingua Italiana per Stranieri*, el libro de contabilidad de Pitao de segundo año (el de tercero se salvó: era verde), todos los fascículos con la historia de los mundiales de fútbol de 1930 a 1990, *Papillón*, *El nuevo periodismo* de Wolfe, una antigua edición de *Upa!*, el Manual Top Secret de gestión empresarial de Dogbert, la versión 99 del Encarta (a la que le siguieron todas las cajas de los programas de Microsoft porque siempre tenían algún logo en rojo), la totalidad de las revistas que ni me molesté en hojear (¡Qué revista en colores no está contaminada!), los separadores F-H, M-N y U-V-W de la agenda telefónica, todas las ediciones del diario *Clarín* (¿por qué lo habrán hecho a color?) y el décimo y último tomo de la compilación con las tiras de Mafalda. También desaparecieron latas de cerveza y de Coca Cola que hacían de lapiceros, junto con los lápices negros que de afuera estaban pintados de rojo, obviamente los lápices que creaban y esparcían el maldito color junto con las fibras. De los estantes del comedor, me dolió deshacerme de *El país de las últimas cosas*, de Auster, y de *Los hombres duros no bailan*, de Mailer, ambos favorecedores de la tapa roja en la edición de Anagrama (curiosamente los de Bukowski se salvaron todos), *Ficciones* de Borges y el verde *Dizionario Italiano* comprado en Roma que estaba cruzado por una indisimulable franja roja. Una edición de lujo de *El retrato de Dorian Gray* perteneciente a mi madre y la foto de mis tíos abuelos de sus ochenta años (la espalda de mi tía estaba terriblemente cubierta por un saquito rojo) completaron el lote. De la mesa de luz, cargué con las dos manos la pesada biblia que había pertenecido a mi abuela: la tapa de cuero rojo la condenaba y, si bien sopesé arrancársela para dejar el lomo de hojas, reconsideré lo blasfemo del acto de profanar el libro sagrado, y la quemé intacta.

A los papeles les siguió la no menos fastuosa pesquisa de la ropa: por no enumerar la cantidad de pulóveres, buzos, remeras, camisas, medias, calzoncillos, unas zapatillas Nike compradas en Europa que me valían halagos. Resumiré el dolor de la tarea en el punto de inflexión y de comunión con la causa (si alguna vez dudé, fue este el momento): la purga de un gorro de River Plate y una remera original del club regalo de la Navidad del 86 con la publicidad de Fate O.

A partir de ese hecho todo fue fatalmente fácil: cuadros secador de pelo una bolsa de dormir los pomos de dentífrico el teléfono (el botón directo del 110 era rojo) las llaves de apertura del agua caliente los controles remoto de los televisores la mitad de los CD y videos. También desgarré el tapizado de un sillón floreado con un cuchillo (el mueble era muy pesado siquiera para arrastrarlo hasta el jardín y, si bien en la tarea me había propuesto no dejar cosas rotas y eliminar la totalidad de los objetos manchados de punzó, consideré que destrozado no sería peligroso cuando se lo regalara al botellero), sumé la plancha manteles tres mazos de cartas españolas y dos de póker, arranqué los adornos de Navidad de la puerta y depuré la heladera de tomates manzanas envases de yogurt y de leche la mermelada de frambuesa el envase de margarina y un táper. Algunos caramelos la lata de Nesquick el tarro de café y saquitos de mate cocido que ostentaban una cruz malta volaron de la alacena junto con juegos de té platos vasos de trago largo.

Cansado, comencé a repasar fotografías: qué traicionado me sentí por los seres que decían amarme cuando vi en muchos de ellos el destello del mal en sus ojos. Rompí las fotografías y tiré al suelo con todas mis fuerzas las cámaras de fotos cuyo flash producía el efecto. Fue ahí que percibí que las pantuflas que guiaban mi devenir en la santa cruzada tenían vivos rojos, rápidamente golpeé los talones contra el piso y salieron despedidas, las enganché con un palo de escoba de a una y las arrojé a la pila. Demás está decir que la casa, a pesar de mi esmero en que la tarea no desbordara los límites de la pulcritud (¿es que no es poco criterioso dejar a la mirada de las visitas huecos en las bibliotecas por la ausencia de libros, o servirles vino —blanco, claro está— de una botella con la etiqueta arrancada?), era un caos. Retazos, hilos, fragmentos y líquidos de muchos de los objetos y alimentos cubrían el piso.

La pila acumulada en el jardín ya llegaba al metro, por lo que decidí ir achicharrándola. Tomé la caja de fósforos y la indignación inundó mis mejillas al ver que los benéficos patitos amarillos nadaban en un eterno estanque rojo de cartón: el envase del arma sagrada debía desaparecer en el último arder de la hoguera.

Entré apresurado en busca de la botella de alcohol para apurar la quema y fue en ese momento que sentí el llamado divino en la planta de mi pie derecho. Al levantarlo de la superficie y correrlo, vi el opaco rojo del fragmento destrozado de un vaso de cóctel y a su lado una gota de sangre de un innegable rojo mucho más intenso que el ya condenado vidrio. El dictamen era inapelable. No busqué justificaciones mientras subía la escalera con la pinza en la mano. De ella me serví para abrir la llave del agua caliente cuyo asidero había tirado en las horas tempranas que bañaban de alegría mi faena de feriado. Solo llené la bañadera hasta la mitad: el resto debía ser colmado hasta con la última gota del color que viciaba mis venas.

Buenos Aires, 26 de diciembre de 2004

Qi, el hacedor de muros

Qi vivió en el siglo III anterior a la era cristiana. Con ese nombre como única posesión. Como muchos chinos de su generación nació, vivió y murió durante la construcción de la gran muralla. Qi, además, participó en su construcción; o, mejor dicho, dedicó su vida a ella. En sus veintisiete años levantó millones de piedras y apisonó toneladas de barro hasta que su cuerpo se deformó al servicio de la obra. Calmó su hambre, su sed y sus necesidades más primarias, durmió, sufrió y sonrió, muy pocas veces, a la sombra de ella. Muchas veces pegó sus mejillas a la fría piedra para aliviar la fiebre, y la roca absorbió sus lágrimas, cómplice, para que nadie supiera de su padecer. El granito supo de sus ganas de mujer, de sus sueños de hogar, del onírico corretear de sus pequeños por un campo amarillo, jugando, cayendo, riendo, sin murallas. Qi imaginó el tacto de la mujer amada, de una mujer; el granito, torpe y misericordioso, intentó suavizar su materia para no despertarlo. El trabajo ajó sus manos que jamás acariciarían otra cosa que la piedra, y agachó su espalda que nunca fue consolada. Con el tiempo borró hasta los ecos de lo que alguna vez había soñado y el hombre encontró en la obra la respuesta, la meta, la salvación. Así murió, con sus músculos y huesos atrofiados, pero con su voluntad todavía en movimiento, sometida a la tarea divina.

Jesuá nació en Judea, de padre y madre judíos. No guió a su pueblo a través de desiertos, Dios nunca se dignó a hablarle, ni siquiera se destacó con brillantes interpretaciones de la Ley como aquel otro tocayo suyo, Ben Judá. Los lugares comunes de las fábulas sagradas eran para él tan respetados como inalcanzables. Apenas, trabajaba para llevarse un mendrugo a la boca. La única vez que se lo vio vivir con pasión posesa fue entre los años 20 y 19 A.C., en el final de su vida. Aunque, como a buen judío el rey Herodes no le caía bien, viajó a Jerusalén llamado por una voluntad más alta que sus ideas durante varias jornadas para participar en la reconstrucción de lo que por aquel entonces llamaban nuevo templo de Salomón. La noticia de la obra le fue susurrada al oído llegada la tarde, de boca de un mercader: al amanecer abandonaría su casa materna para no volver. Justo es decir que esa última noche, bajo las estrellas de la tierra con la que el Señor moldeó su cuerpo, tuvo un sueño revelador: un muro lleno de plegarias apareció ante sus ojos, y todo lo cubría. El sueño duró lo que una vida; luego volvió a repetirse mil veces y una. En ese universo Jesuá vio, memorizó y finalmente se transformó en cada grano de cada piedra, en cada burbuja de aire que separa cada molécula de la materia y que, en definitiva, la hace perecedera. Jesuá fue piedra, vivió sin respirar y comprendió su destino.

En la capital del reino cargó rocas con fervoroso alivio, tragó polvo sin descanso y el viento acumuló la arena del desierto en sus axilas y genitales. Cada noche caía desmayado en el tosco piso cubierto con paja. Cada mañana se levantaba con más ánimos. Sus compañeros de trabajo vieron una sola y particular característica que lo diferenciaba de los demás: dormido, hablaba una lengua extraña.

Hasta 1961 Hans era un imberbe soldado ario nacido en Dresde, no muy convencido por los engreídos galones impregnados de comunismo que le tocaba lucir. Por accidente había probado mujer, ni por error conocía la pasión. Pero un día, ya en Berlín, lo ascendieron de rango y le encomendaron una misión: vigilar la construcción de aquel sector del muro. La tarea lo absorbió, su vida tuvo sentido, su existencia estaba al fin justificada. Con recelo controló a los trabajadores que barajaban los ladrillos y el cemento. No perdía detalle: las idas y vueltas de la muñeca con el cucharín, el abrazo lateral de los dedos sobre el ladrillo, el movimiento rápido de la mano para dejar caer el cemento, el metal de la herramienta hundido en el espeso pegamento, el beso húmedo y final que unía un ladrillo con otro... Cada movimiento fue grabado en su mente, cada gesto que llevaba a la obra se le antojó una nota ejecutada por la batuta de una melodía armónica, perfecta, la de la música suprema, la del sonido de Dios. A veces, sorprendidos, sus subordinados lo veían sacarse la chaqueta del uniforme, arremangarse la camisa y tomar el cucharín. De reojo y en voz baja, comenzaron por burlarse de su superior. Luego, primó el sentido marcial y terminaron admirando su abnegación a la causa, su amor por el partido, su compromiso en el levantamiento de la sociedad del mañana —que, se sabe, siempre es más justa—. Al concluir la tarea se sintió lleno, también prescindible. Miles de alemanes lloraron, corrieron, imploraron, treparon, se escondieron, se disfrazaron, huyeron. Hans, feliz como un niño, se llevó la pistola a la sien.

Algunos soldados bajo su mando fueron interrogados. El único dato que llamó la atención de las entrevistas registradas es que cada vez que el propio Hans trabajaba en la obra, antes de poner un ladrillo sobre el cemento dibujaba con el dedo un exótico símbolo en el fresco elemento. Una también ilegible plegaria a veces escapaba de sus labios.

En los comienzos del siglo XXI, Ariel se encontraba en el apogeo del liderazgo de su pueblo, pero nada lo conformaba porque negaba la paz. Una mañana el sol cruzó el vidrio de la ventana de su habitación y se reflejó en el sudor de su frente. Agitado, por la energía que conlleva la resurrección del cuerpo tras la muerte nocturna, aceptó la visita del muro. Menos voces de protestas se escucharon por la medida política que por la suba de la sal. Infamia es que Ariel perseguía la exclusión de los palestinos, el barrilete que él quería atrapar solamente tenía forma de muro. Tenía el dinero, tenía el poder, tenía la excusa, quién no lo hubiera hecho en su lugar. Una obra sublime que, en los mapas computarizados mostrados al mundo por las cadenas informativas, hablaba del ingenio y la pericia humana. De día, Ariel seguía el crecimiento de su hijo de cal; de noche, añoraba incomprensibles niños y praderas amarillas.

La primera referencia a Qi y su poder de reencarnación data de 1281, cuando fue introducida en occidente por Marco Polo, a quien le fue relatada en una de sus incursiones por el reino del Khan. Una de las versiones que escuchó el aventurero italiano se atreve a asegurar que los reflejos del trabajador estaban tan desarrollados que su mano alcanzó a poner la última piedra segundos después de que su alma abandonara el cuerpo. Que esto sea exagerado no fue obstáculo para que la estructura política de Shi Huangdi lo usara como propaganda de lealtad al imperio.

Una escueta referencia de los dos primeros relatos se encuentra en el prólogo de un I Ching impreso en 1923 por una editorial de Villa Ortúzar. La introducción está firmada por un tal Marcelo Cabrera.

El relato del soldado alemán ocupa una página escrita con demasiada sorna y desprecio en Historias del Muro, editado por Nafría & Joandet. Hasta hace dos años, el ejemplar era propiedad de una librería cegada por los muros de ese laberinto que es el Barri Gòtic de Barcelona.

La cuarta historia, más difundida, fue develada por el asistente personal del líder político. En la semana que duró su weblog en Internet —antes, claro, de que lo dieran de baja—, contó que su jefe hablaba en chino mientras dormía.

Varios muros, menos conocidos, no menos terribles, han sido testigos del eterno oficio de Qi. Su mano no tembló al colaborar en proyectos más humildes: en Nueva Amsterdam, donde su paso dio nombre a Wall Street; en la frontera entre los Estados Unidos y México; en las villas miserias de Retiro; en un barrio privado de Yakarta. Para 2109 es un indio ilegal al servicio de Inglaterra que levanta un muro que divide Europa de África. Hacia 4997 su obra protege a los colonos de Marte del lado donde se hallan las reservas de agua, a salvo de las hordas de los sedientos *müjiks*. Siempre, en el cofre de la noche que nos vuelve vulnerables, no logra evitar murmurar en mandarín el secreto nombre del amor que nunca se animó a abrazar.

Hojas

Es noviembre, es otoño, viento y noche a las ocho menos cuarto tras la ventana que le permite a la luz de la calle bañar mi cara. Es la silueta recortada por las hojas de una planta exterior la que con su vaivén atrae mi atención y articula nuevamente los engranajes de mi memoria que se niegan a dejar de rendirte homenaje. Es una sombra oscura, de follaje impaciente y cambiante como tu melena de leona, como tu estado de ánimo. Ese bucólico acontecimiento ahora tiene toda mi atención, todo mi miedo. Me doy cuenta de que se debe haber producido docenas de veces inviernos atrás, pero es en esta tarde de domingo y de lluvia que yo lo contemplo con pavor, porque no tengo otra cosa que hacer, porque no te tengo. Estoy seguro de que hace un año el fenómeno era exactamente el mismo, pero era inadvertido. Adentro había luz, había risas, había un abrazo largo y eterno en este sillón que hoy es vacío y es frío, que es tan grande y así de desierto. He agotado todos y cada uno de los recuerdos que tengo de vos, he repasado los detalles más ínfimos, desde una gota de mi saliva corriendo por tu barbilla hasta el escalofrío de tu uña en mi ombligo. Pero no fue hasta esta noche, con el mecer del frondoso contorno en la ventana, que recordé que solías roncar. Roncabas, ¿te acordás? Sí, roncabas mientras yo te abrazaba y susurraba con piedad tu nombre en el oído para que con un mimoso quejido me respondieras que dejabas de hacerlo. Roncabas dormida en mis brazos, princesa de mi propiedad, esclava de mis anhelos. Y detrás del ventanal el ignorado escándalo de hojas y viento debía esperar con diabólica certeza el momento en que llegara su hora de chupar toda mi expectación. Ahora que la tiene, se sacude con alegría, sabiendo que ya no estás para distraerme. Agita su maldad, y su tremido de risa de ramas fibrila en mi pecho, sabiéndose mi verdugo y mi dueño. Pero antes de que termine de gozar su hora, levanto el brazo y sonrío. El reflejo de mis dientes iluminados por la luz de la calle congela el movimiento de la sombra. Acaba de adivinar que su orgía de vanidad pronto volverá a hundirse en la indiferencia. Y sé que ahora la que tiembla de terror es ella, mientras apoyo el metal en mi sien y la privo de mi atención mientras le agrego un trueno a la noche.

La Creación

Primero fue. Y en un segundo momento fue consciente de su autenticidad, de su unanimidad, de su valor. Caminó la llanura, cruzó el desierto, subió la montaña, se hundió en el mar. Peregrinó la faz de la tierra, recorrió la obra. Y admiró la armonía de los pastos verdes; reflexionó ante cada grano de arena y les regaló el don de la sabiduría infinita; meditó en las cumbres nevadas que todo lo ven y les dejó el beneficio de la paz espiritual; se bañó en agua salada y decidió que sería curativa; bebió agua dulce y encontró la vida; bajo sus pies los volcanes temblaron y le rindieron homenaje de fuego, y tras la furia fundida las cenizas le desnudaron su capacidad de pureza. Acarició la caricia del viento que encierra el secreto que otorga permanencia a los organismos; y aceptó complacido.

Olió el sentido de las flores, comprobó que sus colores eran hermosos y cautivantes hasta embriagar los sentidos; saboreó la energía de los frutos y de sus jugos tragó fortaleza. Tocó la piel de cada animal, una distinta de la otra; de lejos escuchó sus rugidos, sus gemidos, sus quejas, y supo que no transmitían sentimientos; metió la mano en sus bocas y no le hicieron daño; y a muchos de ellos los hizo domesticables.

Y vio que nada había parecido a Él. Entonces, por primera vez sintió la soledad. Con ella reinó ese día la desesperanza; con la desesperanza, el entusiasmo inicial se esfumó; sin ánimos, se perdía el sentido de la vida. En ese punto final, en el que ser el Ser más poderoso —el único— era inútil, se enfrentó a sí mismo al borde del vacío: ahí nació la muerte. Para engañarla —engañarse—, inventó la salvación, y para justificarla surgió la Creación.

Antes de encontrarlas abominables, combinó las diferentes partes de las criaturas: a un buey le puso alas de águila en el lomo y escarabajos en la lengua, y por piedad decidió ahogarlo en perfume; a un caballo le agregó alas enormes y a otro un cuerno de rinoceronte, y no les permitió procrearse; a un perro le dio dos cabezas, y se dio cuenta de que era repugnante.

Luego, entusiasmado, introdujo en las criaturas sus propias características: la serpiente habló, y no dijo cosas buenas; al toro le obsequió su cuerpo, pero su bestial cabeza lo guió a embestir y matar; a un león le puso su cabeza, pero con el nuevo don se volvió vanidoso, y comenzó a pronunciar acertijos y a sembrar contento el veneno de la confusión.

Y sintió miedo...

Para combatir la soledad con la que abruma el universo, La especie debía ser a su imagen y semejanza; porque no se sabe cerca algo que es extraño. Entonces, apretando los pies en la arena húmeda dejó sus huellas; con un dedo dibujó las piernas; con dos piedras reprodujo los huesos de la cadera; con barro moldeó las costillas; con musgo le peinó el cabello; con una manzana el corazón; con dos perlas los ojos; y, con un beso la boca. Con su ilusión lo resucitó, y con su imaginación aceleró el tiempo y lo vio canoso, barbado, sabio y eterno... Adán, satisfecho, levantó la vista al cielo y vio a Dios.

Entonces, construyó un altar donde depositó todas las respuestas que no tenía, llamó a Eva y le dijo mientras apuntaba su dedo hacia Dios: "Mira mujer, ¿te gusta lo que acabo de crear?".

La dama y la guerra

Subió agitado escaleras de metal, brillantes como el sol del desierto en su cenit: el fulgor blanco lo cegaba. A su paso los escalones se abollaban, y el temor sólo lo hacía avanzar. Vio elevadores de aluminio —y no sabía que ese material existía— que se detenían equivocados, de-jando ver pies o cabezas, nunca cuerpos enteros. Llegó a una prisión plagada de mesas y sillas extrañas, donde pocos hombres con olor a humedad y una ficticia luz azul despachaban boletines con acertijos y enigmas. Uno lo saludaba y lo invitaba a sentarse con ellos. Huyó, y se encontró viviendo con la mujer amada, con dos hijos, pero con un segundo hombre con el cual ella había de-cidido, durante su ausencia, compartir el techo. Trató de restarle importancia a la nueva situación y le hizo el amor, pero al hacerlo el rostro se transformó en el de su madre. Entonces, despertó.

François Le Roix había partido hacia Berna desde París el primer día del invierno de 1914, con un nombre falso y una profesión ignota. Le Roix era un espía ociosamente francés. Su misión era contactar a un alto mando del ejército alemán que le revelaría preciosos datos que pondrían fin a la estancada guerra. A esa hora, el llanto de miles de compatriotas, y un puñado de amigos, era arrullado por la muerte en cunas de fango con barrales de púas. Esa idea le recordó el deber; el recuerdo de los besos de Margot, lo llenó de ímpetu. Tres días después sería confinado en una cárcel de Metz.

A Margot la había conocido en París dos meses antes, en un bar. Era holandesa, tenía 38 años, trabajaba de bailarina y sus ojos destilaban ese brillo de querer más. Era más sensual que bonita, menos sofisticada que magnética, imprevisible en toda ocasión. En las penumbras del cuarto lo ungía de gloria.

Su misión sólo debía durar un día, pero partió una jornada antes con la excusa de estudiar el terreno. El plan era pasar esa noche previa con ella en la nevada Suiza. La idea era demencial, peligrosa, caprichosa: era de ella. François, por supuesto, la terminó encontrando irresistible.

Ahora la encontraba en casa de unos amigos en común. Él llegaba y ella se estaba por ir. De espaldas iba rumbo a la puerta, como sin verlo. Él había entrado por otro lado, por otra puerta que ya no existía, que nunca vio. Se había cortado el pelo, sí, y llevaba un vestido largo, floreado y oscuro, demasiado serio. Se iba, se iba y no se terminaba de dar vuelta... Mirame, por favor, mirame aunque sea, tenés que saber que estoy acá —¿Lo sabría? ¿Lo habría visto? ¿Por ese motivo se iría? ¿Por eso se hacía la distraída?—, sabelo, doname una expresión aunque sea de desdén. Ella subía a un auto, y él corrió hasta la puerta, se asomó entre los dueños de casa que la saludaban. La miró fijo, a través del vidrio, con una infantil esperanza de hipnotizador, y ella miró pero... ¿A quién? ¿A él? ¿A todos? Vio que su mano se agitó desde la ventanilla, como con pena, prolongando un poco los labios, con ese gesto de quien lamenta que hayamos llegado tan tarde a la vida. Y casi estuvo seguro que se dirigía a él —no el saludo, sino el movimiento de la boca. Quedó petrificado y, aunque quería, no se animó a responder el saludo. Quizá por orgullo, quizá por dolor.

El rostro de ella salió de escena y él se quedó sin nada. Entonces, despertó.

El lector adivinará lo divino de aquel hotel: todo madera y café, puntuales cucús y flores atemporales. A Le Roix le llamó la atención que los suizos cuenten con variedades de flores invernales muy fuertes que, aunque al tacto son rústicas como un repollo, poseen el don de mantener los canteros llenos de colores, aún en diciembre. Pensó en la guerra, ahí nomás, y no pudo evitar hacer la comparación cursi entre la dureza de la flora local y el corazón de sus neutrales ciudadanos. La indignación duró segundos, lo que tarda una silueta fe-menina en sorprendernos, arrojarse al cuello, acariciar el dorso del pelo con la yema de los dedos, besar la yugular muy profundo, tan suave. Margot lucía viva, la alegría de su rostro se destacaba más que de costumbre —de no verlo François habría pensado que esto era imposible— en el helado trasfondo alpino. Y, excepcionalmente, ha-bía llegado a tiempo.

...Y fueron sábanas enfurecidas, pelos mareados, pieles confundidas, champagne con cosquillas y besos de chocolate derretido. Calumnia sería tachar al agente Le Roix de irresponsable, de frívolo. ¿Acaso hay algo que comprometa más la vida y la muerte de los hombres que el amor? Además, esa misma tarde aprovechó el brazo de Margot para hacer el reconocimiento del lugar donde sería el encuentro al día siguiente sin levantar sospechas: nadie vería a un espía en esa sonrisa juvenil que sólo puede dedicarle a su amada un recién casado.

Maullidos arrancados de cuerdas agudas le rogaban "no vuelvas, no vuelvas". El buen gato de los malos augurios intentó advertirle: fue inútil. ¿Cómo no ir hacia el vestido de piedras que acosaba a ese cuerpo mórbido con embates de pleamar y espejismos de placer? Ahora estaban en un casamiento, y todo era glamour, zapatos latiendo y corazones de taco alto; eran años venideros de inagotables perdices, ostras con limón, y una lágrima extasiada en una lengua pedigüeña; era el gusto de la mejilla con maquillaje, de una gota de brut paseando prófuga por la barbilla, de una porción de torta dada en la boca... Era un pecho desnudo y goloso en un taxi sonámbulo, un dedo chusma y demente, unas llaves nerviosas y atropelladas, una cama en un cuarto más allá del destino. Ahora estaba más cerca, el guión se empezaba a someter a los deseos del sueño. Entonces, despertó.

El fatal día llegó con sol y falsas esperanzas. Él lo abrazó con fe, ella con una sonrisa fugaz y amarreta. La dejó en la cama, desayunando un café doble con una cucharada de besos, revoleó hacia la espalda el extremo de una bufanda blanquísima y se subió el cuello del abrigo. François se sentía afortunado. La cita era temprano y el alemán debía ser puntual. Lo era. En la mesa del bar, la rellena silueta y el respetable bigote que tantas veces había estudiado en la fotografía de los archivos lo esperaba impaciente. Se sentó frente a él y lo saludó con un movimiento de cabeza. Lo demás ocurrió demasiado rápido: dos abrigos largos y negros lo rodearon tomándolo de los brazos; la escena se repetía en la silla de enfrente. Un no se mueva, un caño en la axila y un acompáñenos. Afuera, la nieve se derretía dejando ver la suciedad que persiste bajo su deslumbrar pasajero; en el hall de la hostería de enfrente, y antes de que lo metieran en el auto, alcanzó a ver nítido el rostro de ella al lado de un uniforme alemán.

Una caricia a destiempo, un capricho no consentido, una noche no muy inspirada, una vela consumida, una botella vacía y dos copas secas: es probable que de esas cosas sencillas esté hecha la derrota; que con ese material se teja la tela de la traición. Eso y mucho más seguía sopesando François en el sucio colchón a rayas, en una celda hermética que para su mal no dejaba escapar ni la humedad ni los pensamientos. Los soldados que lo escoltaron al interrogatorio ya se habían burlado de él, por estúpido, por bocón, por enamorado. Lejos de los efectos de la humillación se dedicó a dormir, buscando la perfección del sueño que lo salvara, aquel del cual ya no tendría que despertar: debía lograrlo antes de enfrentar el pelotón de fusilamiento.

...Y tuvo formas de curva, textura de miel, ritmo de vals bajo la lluvia, gusto a sal, olor a sexo. Tuvo luces nocturnas refractadas en millones de gotas, una media luna seductora bailando en un charco la danza de los siete velos, arena mimosa en un ombligo cómplice y un secreto al oído de boca de un caracol zalamero. Tuvo marcas de cera en una piel borracha, los restos de una prenda íntima enredada entre los dedos, una caída más allá del abismo del miedo y la paz que prosigue al combate. Y finalmente hubo unas manos atadas a la espalda, una descarga, un bosquejo de las facciones de ella a su lado dibujado por el humo de los cañones, pero voluntario, fiel, con una sonrisa y un estoy a tu lado. Había valido la pena. Entonces, ya no tuvo que despertar.

(Nota del redactor) Margaretha Geertruida Zelle fue fusilada el 15 de octubre de 1917, en París. De su paso por este mundo quedó la estela de un perfume irresistible, la creación de buenos momentos que se supo mentir, varios corazones destrozados, una leyenda con demasiadas fantasías y el apodo de Mata Hari.

Un día en el campo

Ya habían quedado atrás el madrugón estéril para estar a las siete menos diez en la estación de Liniers, las tres horas de espera porque el micro se había roto incluso antes de salir de Retiro, los rumores de otros pasajeros de que la empresa de transporte estaba al borde de la quiebra y la falta de otra línea que cubriera ese trayecto en el que tantos pueblos se iban deshaciendo como en el vapor de un espejismo. Ahora era una ventanilla hermética y llanurallanurallanurallanurallanurallanurallanura... El paisaje monótono, cíclico, autista de la pampa argentina, sin nada que rompa ese embotamiento en el que caen los pensamientos, sin posibilidad de escapar de la melancolía, sin otra chance que la condenada reflexión. Diego extrañó otros paisajes que había conocido en España, a través de otras ventanillas. Extrañó las rupturas del paisaje catalán, el mar del Maresme, los riscos, los picos de piedras de Montserrat, las playas pegadas a la panorámica del pasajero... Acá, en cambio, no había con qué distraerse: sólo estaba la llanura. Yanura, con *y*, porque la *ll* hubiera provocado aunque sea una elevación en el paisaje, y aquí todo era llano, era yanurayanurayanurayanurayanurayanurayanura —si acaso la colita de la *y* estaba, lo hacía de forma oculta, bajo la línea del reglón, o sea bajo tierra: por la superficie todo era plano—. Además de que la *y* también le daba la pronunciación adecuada, es decir la bonaerense, la de sus habitantes. La *ll* bien podría mal transmitir la forma del paisaje, en boca de un español o de un correntino. Así, el pensamiento, que si no encuentra un elemento exterior termina inventando una excusa para autoestimularse, agregó un elemento mental a la geografía local. Y de repente la yanurayanurayanurayanurayanurayanura era rota por ella. Y ahora se veía yanurayanurayanurayanurayanurayanurayanuraellayanur ayanurayanurayanurayanurayanuraellayanurayanurayanu rayanurayanuraellayanurayanurayanurayanuraella, cada vez más cerca, cada vez más seguido hasta que fue yanurayanuraellayanurayanuraellayanuraellayanuraellaya nuraellaellayanuraellaellaella ... Ingrata pampa. Cuando la había comenzado a olvidar, cuando ya no aparecía tan seguido, acechando, pastando en las praderas nerviosas de los lóbulos del cerebro, despacito, pero sin pausa, mirando de reojo como una vaquita idiota incapaz de piedad, era el paisaje la trampa inesperada que le daba a la melancolía otra fructífera jornada de caza. Ella. Ahora era una montaña su rostro de humo y piedras, gris, rompiendo la superficie verdeverdeverde. La yanurayanura a potencia infinita era vencida por ella —medusa sin reflejo, jinete del apocalipsis, fantasma de Salem, Diana cazadora, Diana la de V Invasión Extraterrestre, sádica lagarta de dos patas dispuesta a romperte el cuello de un mordisco y tragarte como a un roedor—; era sobre lo verde un cerro suave y redondo que invita a explorar, a trepar y a echarse desnudo al sol la superficie de su *e*; era la cumbre, las ganas de victoria, la doble corona de la gloria divina la doble ascensión de su *ll*; era el desafío final, el riesgo de muerte, el pico fatal de su traición la punta de su *A* —ahora la imaginó en mayúscula a la *A*—, y la caída resbaladiza su trazo final hacia abajo, sin consuelo, tobogán hacia el infierno tan vertiginoso, como para no comprender en este breve más acá antes del estruendo y la muerte por qué/cómo un hermoso día de sol y placer puede terminar así.

Aislando estos pensamientos —Diego abrió en su mente un frasco y los tapó, pero igual se veían a través del vidrio que no daba ni el consuelo de una etiqueta para que no fueran tan visibles— el día era hermoso. El celeste del cielo era celestial —en la obviedad del adjetivo estaba la precisión—, y las nubes... Las nubes eran irreales. Si hubiera tenido que describirlas —Diego a veces escribía cosas— pensó que habría estado en un problema. Se imaginó cayendo en la burda figura de un copo de algodón. Porque las nubes estaban muy cerca, se veían muy grandes y corrían a contramano de la ventanilla, silenciosas, como naves espaciales en una diáspora intergaláctica, eterna, se perdían cientos de ellas hasta donde el horizonte. En su interior imaginó viajeros del tiempo que habían comenzado su jornada antes del enfriamiento de la tierra y que no la acabarían hasta mucho después de un bíblico o wellsiano final; siempre viendo con curiosidad a ese insecto primitivo, que habían aprendido a querer, llamado ser humano... Y si bien la figura del algodón era un lugar común, Diego pensó —y era bastante exacto— que si estiraba la mano a través de la ventanilla podría arrancar un trozo de la nube más grande y cercana y llevárselo a la boca, para que se le derritiera en la fundición de su lengua y le llenara el alma con gusto a azúcar y niñez. Sería una forma de recuperar la alegría, de sentirse menos solo.

En la estación de servicio en la que debía bajar, al costado de la ruta, lo esperaban sus tíos con el chevy viejo, un tercio marrón metalizado, un tercio óxido, un tercio tierra. Algunas arcadas de humo y combustible quemado fueron aventando el auto hasta la casa y el campo. Según la época del año en que visitaba a sus tíos, Diego había descubierto las mutaciones que sufría el paisaje: los diversos colores de la tierra y su siembra; el patio pelado en invierno y cubierto en verano por el follaje de los árboles; las tonalidades del jardín y la huerta según los ciclos de las flores y las frutas. Era como visitar siempre un lugar distinto, todo cubierto de amarillo, o verde, o marrón por debajo; y de celeste, azul, rosa o gris por arriba; las combinaciones podrían no ser infinitas, pero sí múltiples. También, y esto le resultaba aún más llamativo, variaban los bichos o insectos que llegaban a plagar el lugar con bastante contundencia. Un verano la parte sembrada era de noche todo un manto de luciérnagas titilando hasta donde daba la vista; otro, la cena de cordero al horno de barro era en el patio sobre una alfombra de sapos croando felices y devorando el banquete de bichos de luz, mariposas y otros insectos —lejos de ser asqueroso esto era muy útil para quien comía afuera ya que los sapos eliminan la molestia de los insectos cayendo sobre los platos y ahogándose con ingráciles piruetas en el vaso de vino con soda—. Estas olas de bichos siempre eran exageradas en número, como pa' que no se diga que en el campo argentino se anda con chiquitas, vio. Esta vez faltaban dos días para el otoño, pero el calor seguía empacado en los surcos, estacado en las púas de los alambres. Y los colores eran el naranja apagado de la soja a punto de ser cosechada, las pinceladas amarillas limón que comenzaban a manchar la copa de los árboles y el verde podrido de las zanjas en los caminos de tierra, creadas por la tormenta de la noche anterior. Ahora era bochorno y humedad, y el bicho que reptaba por la tierra, el pasto, el patio, las paredes, las tranqueras, las puertas, las ventanas, las ruedas del auto y todo lo demás era la gata peluda. Sus docenas de patitas, su cuerpo fláccido y sus cientos de pelusas iban trepando, contrayendo y estirando, imponiendo su presencia. A Diego le llamó la atención el color de sus pelitos, que no era ni verde ni negro, los dos tipos conocidos en la ciudad y el conurbano, sino el mismo color entre naranja y marrón que presentaba la soja. Como pudo averiguar de boca de un paisano del lugar esto no era casualidad, ya que la soja era la causa —no pudo indagar un por qué más agronómicamente preciso— de la aparición de tanta gata. Nadie evaluó esto como una consecuencia grave de este tipo de siembra. En realidad a algunos, y con razón, les preocupaba más el daño a largo plazo que provoca en la tierra el sano cultivo de moda, capaz de esterilizar las propiedades minerales del terreno. Pero decir eso era antipopular. La soja era por esos días —junto con las facturas baratas y las guarderías de bicicletas en las estaciones de trenes— el oro en polvo, la quimera nacional del con -esssta-me- salvo-papá, la visión tuerta del video club, la jugada acalambrada de la cancha de paddle, el Quini 6 con revancha... Ese día en el campo también había mosquitos.

Después de llenar la pancita con ñoquis recién amasados, estofado con salsa de la quinta y pasta frola casera salir a dar una vuelta para tomar aire puro y bajar el almuerzo parecía una buena idea. Aire puro, comida natural, ejercicio, vida sana. En el campo todo siempre era bueno-bueno-bueno, como el perro Lassie, la orca Willy y Clarence el león bizco. Diego se imaginó los ojitos de Clarence casi derechos, bailando lentos al compás del orgasmo que le producía mascar la pierna de un chico: andá a acariciar a Willy y vas a ver cómo te traga un brazo, pensó. Mientras sacaba de un saque con una rama dos gatas peludas que paseaban por el pasador donde debía meter la mano para abrir la tranquera sintió un poco de repulsión, y pensó en el campo y su maldad. ¿Por qué nadie escribía sobre eso? ¿Acaso nadie sabía que un porteño entre tanto escaso signo de civilización —ni un buzón, ni una vereda, ni un cordón— se sentía tan vulnerable como un provinciano en Corrientes y la 9 de Julio?

Al verlo salir, su tío le dijo que agarrara el palo blanco que estaba al lado de la puerta, para espantar a algún perro que se le podía cruzar durante la caminata. Diego miró el lugar señalado y vio que el palo era un bastón de ciego. Dudó en agarrarlo, pero al final se sacudió los prejuicios y lo tomó. Como para probarlo jugó a cerrar los ojos y caminó así unos segundos. ¿De dónde habría salido el bastón?

El plan del paseo era darle la vuelta al cuadrado del campo, de unos doscientos metros por lado. Durante los cien metros de la entrada central hasta la esquina del costado norte la punta del bastón iba dibujando un trazo sobre el camino, que ya estaba seco en la superficie a golpe de tanto sol. La mirada de Diego se iba concentrando en la huella que iba siendo parida desde la punta del palo, rompiendo el cascarón virgen de la tierra colorada. Se enfocaba ahí, y buscaba perderse, hallar alguna respuesta, como si con tanto silencio y tanta naturaleza tuviese la obligación de meditar. La sensación que transmitía el paisaje era casi de respeto, como la actitud que se adopta al entrar a una iglesia por más que no se sea creyente. Y cosas para pensar siempre se podían buscar, ¿no? Así que se dispuso, como quien se acerca a una barra a echarse una grapa de un saque, a pensar otra vez en ella. En el trazo del palito no aparecía dolor, sí la estela amarga de quien ya tragó el remedio hace cinco minutos, y con suerte, poco a poco, mientras el surco avanzara y él pudiera mantener sin tropezar la punta del palito blanco en movimiento, tal vez el mal gusto también se iría, pensó. Porque si el sufrimiento había sido tan fuerte hacía tan sólo unas semanas, ahora casi se había ido. Y así caminaba. Y pensó que la felicidad podría ser un próximo paso no tan... ¡Puta madre! Una gata peluda que trepaba desde la punta del bastón rompió la línea del pensamiento. ¡Bicho de mierda! ¿Pero cómo hizo para subirse? La puteada se transformó en admiración ante la falta de respuesta y Diego comenzó a sacudir con firmeza el bastón para deshacerse del polizonte. Je, je; una mueca de satisfacción de bicho superior se iba moldeando en su rostro en paralelo con el avance de la trayectoria volátil de la peluda adversaria, allá, rumbo a la caída. Y por un momento fue Él, Hombre, rey de la creación, ejemplar excelso de la animalidad. Hasta que en un punto la trayectoria de la sonrisa se truncó, muy pero muy en seco, como en un choque mortal. Puede ser que haya sido al ver caer el bultito peludo sobre miles y miles de otros bultitosbultitosbultitosbultitosbultitosbultitosbultitosbultit osbultitosbultitos que todo lo alfombraban a cincuenta metros a la redonda, bailando un pogo macabro, en un festín que hacía vibrar el suelo en diversos tonos de naranja. O puede ser que haya sido al ver que el color de ese suelo vivo ya trepaba hasta pasadas sus rodillas. Sus manos se zarandearon como dos peleles poseídos contra la invasión del pantalón, aplastando una pasta viscosa, amasando un puré de tripas verde; más allá, el bastón blanco y famélico se hundía sin apuro en el mar eléctrico de cuerpitos naranjas. En momentos como estos, es muy difícil detallar la cronología de los hechos, porque estos son apabullados por las sensaciones, por las pulsaciones, por la desesperación de lo inmediato. Hubo sí, enseguida, pequeñas quemaduras de diminutos e infinitos pompones debajo de la tela del pantalón, y unas patitas frías con malos pronósticos en la nuca: era la punta de lanza de un pullover de seres que, coleandocoleandocoleando, ya estaban abrigando toda la superficie de la espalda. Pronto la prioridad de los dedos fue destapar los ojos, aunque no se puede asegurar —debido a que las falanges estaban enfundadas como en guantes de gruesa lana— si la acción no precipitó más aún la llegada del peludo fuego a las pupilas. Tiempo después un gaucho de la zona se refirió al porteño como un zanguango, por andar colgado en vaya a saber qué luna y no ver venir el extraño malón. Nadie lo trató de cobarde ya que no gritó: a pesar del extremo calor que lo acompañó hasta el final se negó a abrir la boca —no sin gesticular horrorosas morisquetas— a los particulares habitantes del campo.

Noticia de María

¡Socorro! ¡Por favor! ¡Ayúdenme! Para mí ya no son más que palabras vacías, gritos sin esperanzas, expresiones que deben haber sido borradas de los diccionarios durante estos años de ausencia. De otra forma no soy capaz de explicarme su inutilidad. Yo las exclamo con toda mi alma, como puñaladas en el mar, como golpes en las nubes, como un fósforo en el infierno; y obtengo iguales resultados. O mejor dicho, las exclamaba, al principio. Y lloraba, me desesperaba, me cansaba. En los últimos años he optado por el susurro sutil, por la pa-ciencia de la polilla, por la persistencia de la gota de agua que se sabe eterna. Muchas veces dudo de su resultado, jamás de su perpetuidad. Eso me consuela.

¡Perdoname! ¡Por favor, perdoname! Tampoco me sirven de nada, lo sé. Pero igual a veces también las exclamo. También dejo que suban por las hendijas y florezcan allá arriba, con la húmeda esperanza de que su aroma ablande el amasijo de su corazón. He pensado, tengo tanto tiempo para pensar —a veces me gustaría haber sido más inteligente, me creo Einstein, Sócrates, Platón, y tantos otros personajes de los que sólo me llegó el nombre alguna vez al oído durante mi humilde vida, y puedo resolver casi todos los problemas del mundo en estas horas sin horas—, que si todavía las exclamo se debe a la perplejidad. Sigo congelada como el día de la sentencia, sin poder creer lo que pasa. Ese no entender, la ausencia de razón, me lleva a pensar, postrada frente al altar en ruinas en este mi día de juicio final, que debo haber tenido la culpa. Sé que no es así, lo sé. Pero también sé que para mantener entera la única deshilachada hebra de tela de araña que lo une con la cordura el ser humano es capaz de justificar a su más sádico verdugo. ¿Cuántos judíos mientras inhalaban el gas de las duchas nazis habrán pensado que algo habrían hecho, o que tal vez eso que los retorcía y les quemaba los pulmones no era gas? Preguntas como estas acunan mis dudas, mantienen engrasados los ejes de mis reflexiones, me entretienen. Argumentos de ese estilo esgrimo en algunas mentiras que me sirven de paño frío, de último sorbo de vinagre en este vía crucis atemporal empedrado de quietud. Así, a veces, me digo que este color negro que apaga mis días no se debe a la oscuridad de mi morada; y busco una explicación más sencilla, como una posible torpeza que me impide levantar los párpados. Debe ser eso, puede ser.

En esta línea argumental, tanteando ciega la búsqueda de una mísera respuesta coherente, sigo largo rato, enumero datos: cuento los mates fríos con los que lo ofendí, y los demasiado calientes; aliso cada arruga de las camisas que no supe planchar; raspo con esmero, antes de que me vea, la corteza negra de la tostada que se me quemó; me fijo que no falte el litro de vino bien fresquito para la cena; y me contengo de cambiar de canal, aunque en ese momento la tele resuene chillona y solitaria en el living.

¡Mario! ¡Mario! ¡Mario! Cuántos significados encierran las letras de tu nombre. Sé que, aunque lo sabés disimular, a veces me escuchás llamarte —otras veces pienso que no está ahí, que ya se fue: igual, le hablo un rato—. Siempre te dije que era un nombre divino, puro, porque estaba compuesto de agua. En esas cinco letras se escondía el mar con el agua salada que curaba mis heridas y el río con el agua dulce que saciaba mi sed de mujer: vos te reías de mis estupideces, hasta hacerme avergonzar. Sé que desde chiquita era así de romántica, y a todo le buscaba un significado especial, como a tu nombre, como a tus palabras, qué le iba a hacer. Pero alguna vez hubo un principio distinto, una caminata por una vereda empedrada de terrones de azúcar, un abrazo en una calle mojada con perfume de azahares, y un lecho vertical con sostén de alambrado y colchón de glicinas donde tomaste mi amor con prepotencia que quise creer de recio galán. Con esos tonos pasteles, que ante tus ojos intentaba opacar para no merecer tu desprecio, me imaginaba la vida a tu lado. Yo me aferraba a eso, muy fuerte, y me decía que mientras sostuviera esos buenos recuerdos como a una madera en altamar me salvaría del temporal. Y así, arrastrada por el viento de la ira inexplicable, casi podía ver el sol de tu sonrisa asomarse de un momento a otro.

¡Mis chiquitos, mis bebés! Cuánto lamento haberlos abandonado. Todavía, entre los velos de este luto invasor que ha ganado mi corazón, que ha matado mi alegría, a veces sueño que vislumbro fragmentos de sus rasgos, sueltos, borrosos. Entonces se me permite adivinar una trompita sucia de chocolate, una naricita con mocos colgando, una rodilla raspada de travesura, una mejilla chorreada de penitencia. Mamá los abraza, los aprieta, los cura con el tacto no siempre suave de unas manos estropeadas por el detergente en una pileta al aire libre durante muchos inviernos, y los alienta hasta sacarles una sonrisa con los estruendosos chuik-chuik de unos besos exagerados. A veces paso el tiempo enumerando los útiles que tienen que llevar a la escuela la mañana siguiente: y le saco puntas a los lápices, les limpio la goma de borrar frotándola contra la pared del patio, cargo la cartuchera, firmo el cuaderno de comunicados, y les meto un alfajor en el bolsillo de la mochila —ahí, donde en el fondo, sin que nadie sepa, les pegué una estampita de la virgen María para que me los proteja de ida y de vuelta—. Después me doy cuenta de que ya deben estar grandes, de que deben ser casi hombres, de que me perdí una comunión y el egreso de la primaria...

Y me pongo celosa de una posible primera novia. Pero también me veo dándoles consejos: que la traten bien, que sean caballeros, que le regalen de vez en cuando una flor, que la tomen del brazo y que la dejen pasar primero al entrar a un lugar. Me gustaría enseñarles que esos detalles no son tonterías, que no cuestan nada y que son la diferencia entre la felicidad y eso que muchas veces los hacía llorar cuando me veían junto a su padre.

¡Pobre chica! No, no tengo celos, ya no le puedo tener envidia. Le tengo compasión, y me gustaría advertirle. A mi oído bajan cada uno de los hilos con que suavemente trabajás tus sutiles mentiras de artesano del engaño. Los vas entretejiendo de a poco, con cuidado y con el sádico placer de que con seguridad las estoy escuchando y, para mi irremediable mal, no por primera vez. Sí, siento estas vueltas en tu tono, en tus imposturas, en tu desconcertante discurso subibaja de víctima y verdugo, ese pavonearte en mis narices, ese mirá cómo hago lo que quiero con las minas. Tu sudor, tu saliva y tus puteadas a ella mientras perseguís tus instintos están sobredimensionadas por mi presencia, están dedicadas a mí. Su pelo negro sobre nuestra almohada se mezcla con algunos restos rubios del mío, tal vez eso te calienta más. Es difícil, al punto de la renuncia, saber qué aceita el mecanismo de tu enfermedad. Sólo espero que algún día ella se libere de vos, que se de cuenta de quién sos. Si ella lo hace, también lo haré yo; de alguna forma me salvará. En este último adiós presiento que mi hora de descanso no está lejos, que sólo debo seguir esperando, y de lo único que me arrepiento en mi estúpida pasividad es de las escenas que no evité que presenciaran mis hijos, de las mechas arrancadas que muchas veces impedían tapar los moretones que adornaban la cara de su madre.

(Noticia publicada en Clarín, marzo 2005 –fragmento)

El chico de 16 años fue con sus tíos a la comisaría de González Catán y pidió hablar con el comisario. "No puedo callar más", dijo con un gesto profundo de dolor (...) La casa del hallazgo está en el barrio San Enrique. En esa casa, hasta 1997 vivió Mario Freiro con su mujer, María Angela Deluca, y sus dos hijos: hoy, uno tiene 18 años y el que hizo la denuncia, 16. (...) Los policías primero movieron la cama y después empezaron a romper el piso de cerámicas. Veinte minutos más tarde, debajo del contrapiso hallaron un esqueleto. "La asfixió con un pañuelo frente a nosotros", dijo el chico. El adolescente contó que, hace ocho años, su padre obligó a él y a su hermano a decirles a todos los conocidos que su madre los había abandonado. Freiro incluso formó una nueva pareja (...) Ahora le imputan los delitos de homicidio calificado por el vínculo y amenazas coactivas, que prevén una condena de prisión perpetua. Por consejo de su defensor (...) Freiro se negó a declarar y quedó preso.

Biografía de Meloncito

Reza un lugar común de las necrológicas que, cuando llueve en un funeral, el cielo demuestra su congoja. El 15 de octubre de 2005, sobre el cementerio de Les Corts se abría el único hueco de sol en toda Barcelona, mientras una buena parte de Cataluña era azotada por las inundaciones. Al ver la reja abierta —en mis casuales pases por el lugar siempre la había encontrado cerrada— me mandé con cara de dolido y aguantando la sonrisa de satisfacción por saciar mi eterna avidez de conocer cementerios —el de Les Corts era el único de la ciudad al que todavía no había entrado. Mi sorpresa me confirmó la inexistencia de las casualidades al acercarme a un pequeño grupo de okupas y sentir que una lloraba en criollo. Pregunté, y supe que era el ataúd de Meloncito el que bajaba con un ritmo cansino e impersonal por un ascensor de féretros que brillaba mojado bajo el sol: consideré lo falaz de las crónicas periodísticas. Humildemente, con el deber de quien está en el lugar preciso, en el momento incómodo, dedicaré unas líneas a la vida de Joaquín "Meloncito" Cipolla, discretamente conocido cantautor de cumbia villera, innovador en cuanto género musical se encaprichaba en abordar y dolido ciudadano de Buenos Aires, cáncer que lo llevó a la inmigración y a abandonar luchas perdidas que, según sus detractores, nunca acometió.

Como primer dato de ídolo, se hace difícil establecer su lugar de nacimiento. Una partida denuncia que vio la luz en un sanatorio privado de la capital en 1976, aunque de toda la vida su familia vivió en Ituzaingó. Él siempre supo alimentar la duda, cada vez que le preguntaban, con contestaciones ambiguas. Hasta en su primera precoz canción dedicada al equipo de sus amores, durante la campaña de 1992 que llevó al conjunto del oeste a ascender al Nacional B; nótese que la incógnita persiste en la versión de cancha de *Si no supiste amar*, de Luis Miguel (por cierto, cover de otro tema americano: quien versiona a un versionador...): *Si en el norte y en el sur yo no nací / y en Capital Federal nunca viví / Yo al Verde lo sigo desde que nací / por eso en la cancha grito siempre así: / yo soy de Ituzaingó y vamos a salir campión.*

Todavía joven, pero ya fiel a su credo del ser como elección, y no como destino impuesto, abandona el colegio y se dedica a seguir al club juegue donde juegue. De esa época sale el nombre de su primer disco *Entre tetras y trapos* (grabado con talento e inconstancia entre 1994 y 1997), del que destaca el corte de difusión —no difundido finalmente por las radios por temor a las represalias del poder— "Las tretas del taladro", una amarga exposición de dudosos errores arbitrales que llevan al ascenso al equipo del gobernador de la Provincia de Buenos Aires y borran de la tabla las ilusiones del Club Atlético Ituzaingó.

El disco, que consta de dos temas, es hoy de colección —entre otras cualidades, por ser uno de los discos con promedio más lento de grabación: un tema cada dos años. Lo que deja claro la meticulosidad del artista. Escuchar "Te llevo a dar una vuelta en perro" nos sumerge en las imágenes de la vida vocacional de un agente de la policía bonaerense que persuade a los insurrectos

74

jóvenes que se trepan al alambrado para gritar un gol a que se bajen si no quieren pasear un rato en su amplio pastor alemán.

Pero es 1998 el año en que empieza a asomar a los medios y, tras presentar su nuevo tema en FM Center de William Morris, salta a la pantalla de Tropicalísimo. Aconsejado por los popes mediáticos, se mete a componer un tema para el mundial de Francia. Escapa de las obvias canciones que hablan de los recurridos sentimientos masculinos por el cual "te sigo a todas partes", y cuenta la historia desde el punto de vista de la mujer. "La Marta se la banca" es más que un relato de una prostituta que busca un futuro mejor en la ciudad luz. Es una mujer dispuesta a romperse lo que sea para pagarse la entrada y alentar a su selección: *Si jugamos contra Grecia / yo te hago una francesa / Quiero ir a platea alta / te entrego lo que haga falta / Lo 'muchacho 'saltan saltan / Y la Marta se la banca*

En 2001 —las malas lenguas dicen que gracias a un vuelto de una transacción poco clara, rebajada con limpiador en polvo— compra un pasaje y decide dar el salto a Europa. El plan es introducir al mercado italiano la cumbia villera, y salvarse. El tema elegido es un cover de "Haceme un pete". En la versión de Meloncito el tema dice: *Facciame* —nótese que reemplaza con maestría la correcta conjugación del verbo fare, que debería ser fammi, para enriquecer la musicalidad del verso en el idioma de Dante: una constante en su carrera— *un pete / facciame un pete / che questa notte voglio gozzare / mi hanno detto che quella ragazza / ti fa dei peti 'pettacolari.* La incorrecta traducción del verbo gozar —sumado a que ningún italiano entiende qué significa pete— son las razones que, autocrítico como siempre, lo hacen reflexionar acerca del fracaso de su hit y de su expulsión de la parada del metro de Piazza Spagna, donde había instalado su tecladito Yamaha y el banderín de Ituzaingó.

Tras su deportación, e inmerso en el contexto de crisis nacional, se sumerge de lleno en una etapa de canta autor comprometido con la realidad. Es más en busca de inspiración que de comida que comienza a revolver los tachos de basura de Buenos Aires, como queda claro en la agria letra de denuncia de "Tachos vacíos": *Yo no me como ninguna / Yo revuelvo en la basura / ralladura de limón, un boleto y un tampón / esta noche un gil tiró medio melón / Pero yo no me como ninguna / Yo soy el que revuelve tu basura.*

Soberbio el poder de síntesis para describir el interior de la miseria porteña y la clara alusión auto-biográfica al momento de marginalidad al que era con-denado: habían descartado el melón pensando que estaba podrido, pero él estaba listo para volver.

A mediados de septiembre participa en el programa de Mauro Viale, tras ser acusado de arrojar una sandía sobre un patrullero desde la ventanilla de un colectivo. El cantante descargaba: "Lo que la gente no entiende, Mauro, es que la sandía es mala: si la tomás con vino, te mata. Llegó la era del melón". Gracias a que su cara comienza a sonar de la tele, el tema "Cajas vacías" de diciembre de ese año —compuesto en una sola noche en el interior de un cajero automático— logra pelear mano a mano con Shakira como fondo de los programas de radio AM de la tarde. Meloncito se la juega y acusa al poder, al cíclico vaciamiento del país, sacrificando contactos influyentes y gramática: *las cajas están vacías / la guita te zarparon / sabés quién te la zarpó? / Pantriste y el Pelado // no hay que ahorrar / no hay que ahorrar/ la guita te van a zarpar / sabés quiénes te la zarparon? / el Turco y el Pelado.*

La ironía de fama en tiempos de hambre es demasiado para él. Así desaparece de la escena nacional. Se oyen rumores de que triunfa en el underground europeo, que es el artífice del *Garbage* (un movimiento que compone canciones inspirados en fragmentos de papel encontrados en los cubos de basura) del viejo continente. Tal vez haya sido su última aportación a una época musical sin ideas propias...

Una cáscara de melón vacía golpea como final homenaje sobre la madera barata de su ataúd: es la señal que abre el aluvión a la mortaja de tierra. Algunos aplauden, los perros mojados y sucios de sus amigos esconden la cola. A mí también se me escapa una lágrima, en forma de rocío de miel.

Acerca de mi sombra

Cada vez que pretendo recordar aquel instante previo es como revolver en mi cabeza un desordenado cajón en un ático a oscuras. Sólo encuentro los perfiles de hierro de unos faroles, los dibujos ornamentales de unos vitreaux y la profética luz del esqueleto verde y rojo de neón de una cruz de farmacia. Vaya a saber qué historia buscaba mientras subía hipnotizado, con la mirada curiosa de quien llega a casa tras años de ausencia, por Gran de Gràcia: sus personajes y su argumento se perdieron con el golpe de vidrio y metal del autobús que me arrojó unos cinco metros por el pavimento. Si otra cosa perdí no lo supe en el momento. Dicen que quedé bastante bien, los dolores de cabeza son algo normal según la apurada afabilidad con la que me despachó el médico del sistema público de salud. El problema, el otro síntoma del que nadie sabe, comenzó la primera noche que pasé en el cuarto de alquiler. Va más allá de las grandes lagunas mentales que me impiden recurrir a un pasado demasiado íntimo —recuerdo el sabor de una porción de mozzarella en Banchero, un gol de chilena de Francescoli frente a Polonia, el nombre y el rostro de mi padre; pero se me escurre la forma de la última boca que besé, el contorno de la silueta que recorrí ilusionado. Describir la particular secuela contiene el desafío de perseguir fantasmas, por lo que intentaré ser sencillo y directo, lo cual no es sinónimo de claro: a los dolores de cabeza y de cuello, se sumó una fatiga muscular que se acentuaba con la cercanía del alba y una clase de sueño que al tercer día descubrí que se producía mientras estaba despierto. En realidad, más que sueño son recuerdos, pero están distorsionados como por una tiniebla de melancolía, por un dejo de traición. Un prolijo diagnóstico podría decir que es depresión postraumática, contra la burocrática opinión argüiré que las imágenes no dejan de poseer la atracción de lo estimulante. Con los días me fui acostumbrando a ellas. La escena, que sí me creo capaz de detallar, comienza con la luz inundando las pequeñas hendijas de la persiana, manchando lenta e inexorable los elementos de la habitación... El cuarto se va revelando sin apuro, con paciencia, y muestra en un cruel striptease las carnes caídas de una soledad al desnudo, la suciedad de una fiesta, la resaca de un romance. Yo adivino todo, no me resulta sensual. O tal vez sí, porque con cada pista los recuerdos apuran el avance, lustran las armas con las que van a atacar y yo, con miedo, cierro los ojos e intento alejarlos de mi mente. Primero veo un hombro, aunque sólo debería tratarse del lomo de un libro, luego un muslo donde debería haber el respaldo de una silla, una cadera a la altura del picaporte, y así. Siempre vuelve a ser doloroso ver el paisaje de castillos en ruinas que se forma sobre el terreno de pliegues de las sábanas revueltas y que a esta hora todavía es mi lápida, tal vez mi salvación, por otro cuarto de hora, aunque sea por cinco minutos. Sé que es la ciudad desbastada de la que fui expulsado, la reconozco entre las nieblas de los bostezos, lleva sus muecas, sus burlas y en el polvo que me atosiga vuelan los fragmentos de lo que fueron sus caricias. Por sus calles vago como un viajante sin tierra, como un hijo pródigo, en eso me ha convertido. No la culpo; tampoco es romántico. El clima siempre es más frío en mis huesos y a veces creo que cuando el viento silba me quiere decir algo: meros efectos de mi imaginación. No, el viento no se dirige a mí, ni siquiera sopla, y no se trata de autocompasión. Sé que si se preocupara por mí tampoco lo escucharía. Porque todo el paisaje está en mí, se alimenta de momentos que ya no son y que suelen acechar en pequeños y efectivos grupos, guerrilleros oportunistas e impiadosos, haces de sol en la selva, sorprendentes, insalvables...

Lo extraño es comprender que todo eso no me pertenece —o, como una herencia, no me pertenecía—, que le está pasando a otra persona, que es otro el que sufre con esas escenas a través de mi mente. Pasada la niñez dejé de creer en ánimas errantes, ya de adulto también en Dios. Pero sé que hay algo dentro de mí, superpuesto, como una sombra: si yo soy una silueta blanca que abarca imágenes propias, el otro es un símil mitad dibujado en mí, mitad afuera, relleno por la negrura de un pizarrón y con la luz solitaria de una luna de tiza en cuarto menguante a la altura de la frente. No se me ocurre otra forma menos tosca de confesar mi padecer aunque, a fuerza de utilizar mi psiquis para recordar sus sufrimientos, comprendo que el que lleva la peor parte es él —aunque ahora también soy yo—. Y me pregunto qué ofrendas divinas le habría entregado aquella mujer para que él me haya elegido como anfitrión travestido en sus visitas diarias. El recuerdo de ella también aparece de mañana, como la primera helada de un largo invierno, como la mala noticia escupida por un fax, como los atentados... Luego se desparramará por toda la ciudad, intentará seguir mis pasos, aunque sé que son más veloces que en otra época, que ya no la esperan en la esquina si se detiene en una vidriera queriendo llamar la atención mientras mete su cuerpo de maniquí en una sensual prenda intima. Aquí también, lejos del escenario donde se produjo el final, debo aprender a seguir escapando de ella. Alguna vez ella fue aquí, eso dificulta la cosa. Entonces es un masaje en el cuello que le di en el metro, una mirada que baja feliz venciendo la física de la escalera mecánica, un café capri-choso en cada bar de cada calle, una lengua soleada en un portal a la sombra, un vapor cálido que empaña el oído con palabras mudas. En todo caso, al pensar en ella —otra vez y otra vez— descubro que todavía es mi musa; juro que lo lamento. A cambio, intento no asistir a las citas que sé que cumplirá puntualmente, al fin, ahora que no tiene que estar presente. Es así, por eso la dejaré sola con el peso de su valija en la Estación del Nord; no tomaré su mano mientras trepa por el interior de las cúpulas de la Sagrada Familia; no le traduciré al castellano los carteles en catalán que luego verá en un cine de Buenos Aires acompañada de un nuevo amante...

Los relatos se mezclan, soy consciente, paciente lector; pero esa es la única forma de contarlos porque así, sin límites claros de donde empieza mi vida y termina la de él, están en mi mente, porque sus recuerdos ya no son sin mí y yo ya soy su promotor, el verdadero dueño ... Y así me transformo en el otro, y me pregunto hasta qué punto este volver a pensar en ella es una excusa para no seguir adelante, un revolcarme en el barro estancado de los recuerdos. El sendero que elijo día tras día es el del ladrón. Huyo de lo lícito, y en los mediodías camino por un trazo imperceptible, por la baranda de un balcón flotante paralelo a la urbe, acogedor a mi acecho de equilibrista, para ir a hurtadillas a meter mi mano debajo de la almohada de otro hombre a robarle con una mísera mueca de injusta venganza un trozo de amor que cree seguro. Un destino ilegal, un nombre borrado, un número desconocido que me llama y me cita en una esquina inexistente son los únicos ladrillos de juguete con los que mi imaginación puede construir un endeble futuro de colores llamativos y mentirosos, una casita infantil que no resultará duradera y que al derrumbarse por un torpe manotazo volverá a asfixiar el aire con un rocío de dolor plástico. Es mi elección diurna, mi cobijo nocturno el ave impiadosa y reencarnada que deja en los eslabones de su estela la repetición de viejos errores, cómodos al paladar, amargos de antemano. Es el monstruo inconsciente que con sus pasos altivos arrastra y hace sonar los estruendos de sus rulos colorados rebotando por los pasillos de mi mente, provocando ecos que confluyen simultáneamente sobre la superficie del estanque de mis pupilas. Es un paseo displicente en puntas de pies por la franja entre la cordura y la demencia, con el sostén de una mano muerta como guía indigna de confianza, como gélido mercader de promesas caídas en desgracia, como caricias de un impoluto mármol blanco con gusto a lavandina, con olor a falso. A veces creo saber la respuesta que pondrá fin al peregrinaje. Sé que debo perderla mil veces todavía, verla esas tantas veces llevarse la comida a la boca, beber de mi copa, dormirse extasiada y despertarse mimosa, presenciar una y otra vez infinidad de gestos, pero ya sabiendo la conclusión de la historia. Perderla, perderla, perderla, una y otra vez mientras revivo desde el primer beso hasta el último insulto...

He borroneado, al principio, el guión de varias explicaciones. Una, la más obvia, la más fantástica, es que al sufrir el accidente el huésped entró en mí, me eligió como medio para seguir recordando sus últimos pesares, para reencarnar sus sueños, los mismos que debe haber revivido miles de veces antes de morir. No descarto esta posibilidad —de hecho, la prefiero—; aun-que creo haber vislumbrado a través de otras pistas, una más verosímil, más terrible. Antes de contarla, diré que hay algunos puntos en común que creo certeros, y que me han hecho llegar a la conclusión de que la sombra no me eligió por casualidad. Sé que tenemos rasgos comunes: ambos somos argentinos, me atrevería a precisar que él también era porteño, y ambos vinimos en algún momento —distintos— a Barcelona. Presiento que, como yo, debía aunque sea aisladamente desear hacer de la escritura su profesión, tal vez también para exorcizar fantasmas. En este sacudir posibilidades en el cubilete de la reflexión arriesgo que pudo haber muerto por su propia mano, en el mejor de los casos por una voluntad inconsciente. En esta línea me pregunto cuánto de casual y cuánto de buscado hubo en el supuesto descuido que no logro recordar y que provocó mi torpe accidente. De la mujer he logrado enfrentar brevemente, muy de cerca, su rostro: no puedo recordar otra sonrisa que causara en mí tal éxtasis. El poder de pronunciar su nombre no me fue dado, al menos todavía; puede que se trate de un acto de misericordia: sé que si lo dijera en voz alta o lo escribiera con mayúscula moriría, o perdería la razón —creo que en los extraños sueños figura, lo imagino camuflado, al acecho, vedado en un trágico pasaje—. No pocas horas dediqué a encontrar un rostro aunque sea similar al de ella entre mis fotografías personales; horas perplejas en las que no terminé de descubrir por qué no hay entre mis pertenencias ninguna fotografía. De aquí deduzco la segunda hipótesis que mencionaré como al pasar, antes de que me calle el miedo: yo había logrado olvidarla y el accidente ha provocado que comience a recordar. El otro, el desterrado, el condenado a la memoria no existe: soy yo.

En busca de la obra

1913 es un año acertado, como Tarragona es una oportuna ciudad. Lo mismo debe haber pensado Norberto Prim, cuando en aquel febrero decidió alejarse del mundo y recluirse en una de las pocas mansiones de importancia que se levantaban, como con la intención de espiar por sobre el Mediterráneo, en aquel rincón de Cataluña. Sus 53 años, una discreta carrera como profesor de literatura que lo tenía harto y la hiel de no haber escrito ningún libro de resonancia fueron lo suficientemente fuerte, junto con una soltería en estado irreversible y varias amarguras, para empujarlo al encierro y a la opresora soledad. Prim, como la mayoría de los hombres racionales, hubiese querido ser otra cosa, tener un mejor destino. El flujo de los años, la inexplicable terquedad de imponerse comer y dormir bajo techo que muchas veces distrae a los mortales en su corto camino, y la ignorante acogida por parte del público y la prensa de sus dos primeras y únicas novelas —la segunda, de hecho, nunca fue distribuida por la editorial Nafría & Joandet tras el poco éxito de la primera— lo llevaron a acurrucarse mansamente en una cómoda cátedra de una universidad donde era habitual que dictara con cierta dispersión. Los alumnos no eran escasos, pero sí cada vez menos atentos ante los ojos de Prim. Ojos que solían perderse hacia el fondo del aula, atraídos por lejanas escenas de muchos y ricos textos que nunca había escrito. Injusto el destino de los hombres juzgados por sus impalpables obras y no por sus vastos borradores de ideas: tal era la gravedad del caso. Prim se decía que el día llegaría —el convencimiento había decaído en los últimos veinte años— en que las nubes de símbolos que cruzaban su mente tomarían forma y encajarían en un libro —*el* libro—, a través del cual la vida tendría sentido. Entre sus muchos inviernos la suerte le había barajado escasos veranos, romances ingratos como cartas marcadas, truncas para ganar cualquier mano. Nocivo sería hacer mención de las palabras que, como hojas de afeitar, dormían oxidadas en un papel con forma de carta con la que aquella que fue su sueño y su vigilia le dijo adiós: un cajón duro de abrir la guardaba junto a una foto gastada de lágrimas y un anillo devuelto. En este único posible contexto, Prim decidió dejar las clases por un año —el frustrado desarrollo personal se había acumulado lo suficiente en el banco— para enfrentar su destino en forma de libro. El hombre, poco original, iba en busca de la redención.

No poco llamó su atención la vieja puerta de roble, la particular arquitectura entre gótica y romana que había deparado la acumulación de piedras y la vista de la línea del mar más allá del generoso ventanal; más le atrajo la amplitud de los ambientes: Prim sabía que toda habitación elegida para escribir late, hasta terminar transformándose en la mente del autor. El ama de llaves al cuidado de la mansión, que se encargaría además de la comida y la limpieza, nada sospechaba de estas supercherías de escritores; recogió el sombrero y el abrigo con una mirada desaprobadora ante el distraído mirar del profesor que se extraviaba en el lejano techo.

Una tupida biblioteca se empotraba en uno de los muros, como indispensable para el relato. La apertura de cada uno de sus libros, en una página al azar, emanaba magia. Al menos eso pensó Prim, demasiado predispuesto a la visita de las musas. En ese trance se fue perdiendo, entre velos perfumados que servían de telón a cada espartano plato de comida, entre los pasos alados que sus ojos atinaban a destiempo tras las frugales copas de vino, hasta percibir la inspiración. Una de esas noches, escribió.

El momento en que el hombre debe enfrentar su destino varía muchas veces en sus circunstancias, pocas en sus sensaciones. Prim imaginó la opresión en el pecho de un soldado segundos antes de la marcha desquiciada hacia los guiños magnéticos de las luciérnagas tintineantes que se asoman y se esconden desde los caños de los fusiles de los enemigos. Salvando los límites que dibujan los hombres según el tamaño de su masa muscular, no menos terrible era para Prim enfrentar la limitación infinita de las teclas de la máquina de hierro: frías, impertérritas, dispuestas a evaluar con severidad el duro examen con el que se jugaba la entrada al cielo. Un aparente limitado número de teclas, signos que deben ser incomprensibles en el resto de innumerables universos, una luna de febrero flotando más allá del ventanal, una copa de cava y una anacrónica habitación de piedra y dolor eran los testigos mudos de ese minuto cero, en el que ningún símbolo ha sido golpeado por el todavía anónimo dedo de esos diez posibles. Diez dedos, poco más de treinta símbolos, un silencio eterno y la oportunidad de redimir una vida. No era fácil para Prim mirarse a la cara en el espejo que se levantaba a la izquierda: los surcos que se habían ido trazando en su rostro, como la borra de café en una taza casi vacía, como la suciedad en una bañera a punto de desagotarse, debían significar algo, debían esconder la lectura de algo trascendental. Sintió la traición, el desengaño, la soledad, el brillo de los ojos que se le comenzaban a empañar y se detuvo al borde de ese abismo en el que un hombre se pregunta por qué; y le alcanzó a mendigar a su amor propio la dignidad suficiente para no cruzarlo. Los dedos comenzaron a picar fuerte, decididos, caballos al frente, delanteros al gol, sindicalistas a la huelga, todo acto de decisión y valor conjurado en las diez falanges, rápidas, valerosas, finalmente lanzadas a conocer su destino de gloria u olvido. Si se lo hubiera preguntado el mismo Prim no hubiese podido recordar cuál había sido la primera de las yemas en provocar el ataque. ¿Habría sido apresurado, sería oportuno? Hay momentos en que las dudas sobran, ese en el cual las letras empiezan a aparecer vehementes sobre la hoja, en un trance que mezcla el humo de la inspiración divina y la transpiración del esfuerzo humano, es uno de ellos. Si las miradas de todos los hombres se hubiesen posado sobre Prim en ese instante —y Prim sentía que era así—, para la mayoría el enjuto profesor hubiese sido un tipo sentado frente a una maquina de escribir, cuyos dedos despedían todavía el olor a queso y manteca de los spaghetti que acababa de comer; alguien entre ellos hubiese comprendido la trascendencia de la escena. Un argumento probable que Prim zarandeó como excusa radica en que cuando muerto su historia seguiría siendo conocida, que lo único que quedaría de él podría ser ese libro, perdido en el polvo de un estante de una biblioteca pública a punto de cerrar por falta de subvención del estado, tal vez: eso, sin embargo, es mucho más de lo que logran la mayoría de los mortales en su efímero sopor de existencia.

Casi con lágrimas en los ojos por la comprensión de la inutilidad de tan ardua tarea, Prim escribió persiguiendo la trascendencia. En sus palabras volcó llanto, risa, dolor y el tacto suave de aquella mujer que le dio la inmortalidad —alguna vez él fue inmortal, lo supo, hundiendo sus sentidos en el perfume de un pelo, pasando su lengua por zonas más preciosas a la exploración que la insignificante luna, que los indignos confines de Dios; en sus palabras se podía entreleer todo eso, y que un beso de ella llegó a valer más que un continente—. Es cierto que Prim las volcó entre los vapores del alcohol, que había faltas de ortografía y tipeado en el original, que algunas frases eran cursis. No menos cierto es que Prim se dio cuenta a medida que desarrollaba la novel historia que en verdad amó, que en el avance por la inteligible y densa selva de letras comprendía que iba ganando un perdón que nunca debería haber ido a buscar porque ya estaba ahí. Pero que, a su vez, sin esa conquista manchada de tinta y sintaxis, de blancos cauces que cortan con silencio la faz de la hoja, nunca lo hubiese descubierto.

Puede ser que cuando Prim terminó su obra fuese febrero y que el planeta hubiese dado un giro completo al sol; otra medida de tiempo podría afirmar que siguió siendo febrero porque la obra fue escrita en una sola noche, con el reflejo de un perfil invisible frente al eterno espejo del destino, con la mirada multiplicada de una mujer que estuvo presente cientos de veces en el transcurso de la vigilia. En las últimas hojas, Prim se postró al supremo poder de las musas —de su musa—, que aún a distancias que trascienden los años, la muerte, el tiempo, el olvido, el polvo y la posibilidad material del reencuentro, son capaces de hacer brotar una gota de mar rumbo a un teclado, desde el ojo que alguna vez y para siempre robaron con la inconsciente traición que guarda el sincero tono de un te amo...

La obra de Prim fue perfecta. Todo estaba en ella.

Si Dios no fuese un sueño se habría apiadado de él; si Dios hubiese soñado con Prim y en la mañana se hubiese acordado del sueño, habría jugado a que tenía el poder de perdonarlo; si Dios fuese un niño, le habría sonreído. Las cosas no fueron tan fáciles.

En la cíclica soledad de las cuatro paredes que constituyen la mente revoloteó una risa, el eco de un júbilo infantil tras el final de un injusto castigo. La figura es caprichosa, es verdadera; atónita es su ruptura de fuego. No eran comunes en aquel entonces la existencia de periódicos locales, pero entre los documentos de la biblioteca de Tarragona el incendio que confundido por el frío de ese invierno terminó arrasando la casa en su gentil y desmedida visita se destaca en la primera plana de un pasquín. La tentación de decir que Prim escribió el libro de los libros es muy grande —para él sí fue así, y eso basta—, pero su propia creencia en la obra duró hasta muy pocos días después del accidente donde las miles de palabras que formaban esa conjunción de fe y redención se fugaron disfrazadas de ceniza y humo, alegres y egoístas rumbo al cielo que se suponían debían ganar para su autor.

¿Habría escrito alguna vez esas frases que todavía se escapaban y encajaban temblando y gimiendo en su memoria? Ése era todo el dolor que ocupaba el cuerpo de Prim, quemado en un ochenta por ciento. Hubo litros de cremas, metros de vendas, consejos espesos y sentidas promesas de cuidado por parte del ama de llaves que se había encariñado con ese distraído y bonachón soñador. Hubo sábanas suaves y limpias, entrenadas para contactar de la forma menos irritante con la piel desfigurada, hubo caldos y una fiebre atroz acunando la duda de haber soñado un libro calcinado por la repentina transformación del sueño en pesadilla.

A partir de aquí podría parecer que el relato —o su protagonista— se pierde en la locura. Eso no es así desde la óptica del escritor. Las jornadas en que la nueva superficie de su piel siguió recibiendo la visita del ventoso resabio del fuego no fueron tan terribles como se podría pensar, en ese abanico de dolor que a veces se agitaba y a veces se iba su mente encontró un consuelo: si el dolor le pellizcaba la epidermis, el incendio había sido real, ergo su escritura se había quemado, ergo él había escrito. A veces el dolor lo abandonaba y, menos optimista, caía en la duda. De a poco, sus ojos comenzaron a atreverse a vislumbrar el aspecto de los brazos, del pecho, de las piernas, las nuevas elevaciones del paisaje, como un desierto agrietado, rojo, con la inocencia virginal que prosigue a la profanación. En ese aspecto que ante los ojos de los escasos visitantes se reflejaba monstruoso, Prim abandonó los libros y decidió que debía volver a aprender a leer. Si el ciego debe comprender el universo rozando con las yemas puntos perforados él, cuya obra de letras había sido vedada por la ira de las llamas, debía aprender a leer otros símbolos. Analfabeto, recordó aquella noche en que su rostro se le antojó la profética superficie de una taza manchada, y se dio cuenta de que había sido un augurio de su estado actual. La congoja puede ser amarga, como morder un insecto, como besar una frente muerta, como saber que en el mundo ya no respira quien nos ame... Ese nudo en la garganta que sintetizaba tantas miles de torpes figuras literarias posibles se deshizo al interpretar la premonición: el libro no había desaparecido, se había impreso en su piel. Con otro idioma, claro; difícil, cierto. Pero si en la conciliación de opi-

90

niones un imberbe trazo que se cierra sobre sí mismo puede llegar a vanagloriarse de ser una letra "o", como si esto fuese una verdad absoluta, Prim supo que podía aprender el nuevo idioma de las llagas al que su libro había sido traducido por el fuego.

Sus pupilas, como las de un recién nacido, comenzaron siendo inútiles; la luz que reverberaba en la carne marcada las cegaban sin descanso, las hundían en la ignorancia, las hacían dar tumbos desde una arañada cicatriz hasta una lisa isla de lampiña piel. No sé si imaginar el día en que un simio chulo convenció a los demás de que aquella marca en la pared de su dedo untado en sus propias pestilencias era la primera letra de su nombre es comparable, porque la lectura de la obra de Prim no era lineal en su piel. Pero cada uno de los pliegues, senderos y cuencas de ríos secos que se extendían por todo su cuerpo comenzaron a tener sentido, a decir algo, a tejer de nuevo el argumento de la historia perdida. El hombre volvió a interpretar la obra que ya había escrito. A medida que la decodificación avanzaba, Prim saboreó el dulce néctar de la relectura. Se sorprendió al reconocer los párrafos inspirados en el desamor sufrido, se sonrojó ante las pomposas exageraciones, transigió ante un adjetivo en forma de vello encarnado. La consciencia de que su obra no podría ser interpretada por nadie más, que moriría con su cuerpo, no melló su ánimo. La idea de que al fin la había concluido fue el fresco bálsamo que le dibujó una sonrisa en aquella última noche en que al fin, enterradas sus frustraciones, pudo darse el placer de no volver a despertar.

El jardín perpetuo

El paisaje abarrotado de hojas fuera de foco, ramas entrecruzadas y un césped de verde estrictamente inglés nada tenía que ver con la evocación de la salvaje libertad de la infancia, cuando la ropa es una molestia y un raspón en la piel un símbolo de coraje. El cuadro era más bien opresor —tal vez, la opresión en sí— a través de ese marco negro y con una aguja a la derecha balanceándose en busca del equilibrio de abajo hacia arriba, contoneándose lenta e indecisa como un péndulo imantado respondiendo al encanto de un esquivo norte. El agobio, el nudo pastoso en la garganta, la presión en la frente y la inmediata necesidad de vomitar eran salvados por el clic y el chorro de luz que explotaba hasta enceguecer la escena...

Sentado en la cama Roan Hardgton tenía el aspecto de quien acaba de ser salvado de un naufragio justo en el instante de soltar la madera que lo mantiene a flote. Había jadeo, sudor, angustia. El sueño era más o menos el mismo, sólo que a veces se extendía (hacia atrás) en escenas más mundanas, más dolorosas. Esta vez habían sido sólo los últimos fotogramas de la aséptica pesadilla, y el rostro de ella no había aparecido; tampoco era imprescindible. Miró el reloj digital de pulsera que se encontraba en la silla que hacía de mesita de noche, en la oscuridad la luz de la pequeña batería japonesa le confirmó que se cumplían seis meses —ya no consultaba la hora en el reloj— de esa última foto, de ese último inexistente adiós.

Un parque, un cielo, una tarde de sangría y la modorra que provoca aún más la aproximación de los cuerpos amados deberían ser figuras que, volcadas en un papel, sólo describiesen felicidad. Pero un día se oye un rugido mecánico, dos autos fuera de control, el clic de una escena movida, y la vida y sus jocosos lugares comunes se van, sin más protocolos, a la mierda.

Seis meses eran más que treinta días por seis, era un fotógrafo amputado de su cámara, un novio sin sabor a luna de miel, besos esterilizados por una pálida lápida. Era soledad, culpa, un piso cubierto de ropa sucia mezclada con sucios y vacíos envases de comida, una alacena habitada a sus anchas por dos botellas de vodka (una por la mitad, otra de repuesto), barba, pelos enmarañados y hedor en la piel.

Algunas mañanas —pensar que eran mañanas se había constituido sólo en un reflejo decidido a no morir de aquella otra vida acostumbrada a los horarios— cuando su espectro trascendía por el pasillo desde el dormitorio al baño —a veces se preguntaba por qué su cuerpo se negaba, a pesar de las sinrazones, a evacuar en cualquier otro sitio que no fuera el baño— observaba con incredulidad bovina las docenas de fotografías que se extendían por la larga pared. Escuchar el susurro de las imágenes que le reclamaban el reconocimiento de su paternidad era absurdo: las tomas y sus circunstancias parecían tan lejanas que a veces no reconocía el pasillo y creía haber despertado en casa de otra persona.

El trágico aniversario era más agrio que la pestilencia que destilaban las caricias muertas en el jarrón seco de rosas, que los abrazos erosionados por el abuso de la mente de tanto querer recordar en noches eternas la fuerza de su sostén. Era la llegada de la fecha en la cual, según la prescripción de los profesionales, debía concluir el duelo. El traspaso del margen temporal con el estado de ánimo inalterado indicaba un punto de no retorno, un permiso para seguir así de por vida, hasta la tan deseada muerte.

Esa mañana, como respondiendo a los embates de la última voluntad de un calendario de tinta diluyéndose en el mar, la señal roja del contestador telefónico comenzó a parpadear en la oscuridad de la sala, pavoneando cierta rectitud de boy scout. Más que disgustarlo, a Hargton le sorprendió que alguien pudiera haber dejado un mensaje en un teléfono que creyó haber desconectado hacía meses; más le sorprendió la responsable actitud de la señal: lo primero que se traga la depresión es el nefasto concepto de obligación, ese estúpido instinto de la cola cortada de la serpiente, que se empecina en seguir reptando y llevando de un lado a otro su flamante inutilidad.

El ir y venir de la diminuta luz entre las penumbras del voluntario ostracismo fue como una descarga eléctrica: dolorosamente recordó que estaba vivo. Las imágenes se decantaron en el centro de su mente con la fuerza del irrespetuoso atropello de un vendaval. Primero fueron como las partes de una fotografía recortada de una revista: una nariz, unos ojos, una sonrisa, unas yemas de unos dedos demasiado irresistibles... Luego, vino el rostro completo y todo lo demás: momentos de pieles pegoteadas, cuencas y badenes de carne encontrándose contentos, el aroma de un café caliente planeando entre los pliegues de unas sábanas rumbo a los sentidos de la musa, el chillido asesino de unos neumáticos y el clic de una cámara... La señal del contestador seguía titilando.

Puede ser que el destino exista, que todas las fichas se muevan a su tiempo, de acuerdo a misteriosas alarmas sincronizadas en el interior de piedras que flotan infinitas en el universo de la vesícula de un dios demasiado enfermo. De no ser así, Roan Hardgton tampoco se hubiese explicado cómo su mano fue capaz de dirigirse al aparato y presionar el botón, con el claro propósito de ejecutar una acción —la primera en meses— emancipada de su intransigente estado psíquico. La voz del editor de una de las publicaciones para la cual había sabido colaborar resonó irreal desde la cajita negra, como desde un pasado remoto de una vida anterior. El efecto de la voz esparciéndose como humo en la intimidad de su reclusión le produjo el escalofrío de estar presenciando una sesión de espiritismo. Con la urgencia de traducir las palabras de ese idioma que había olvidado, antes de que el mensaje acabara, acudió a la alacena y besó ardientemente el pico de la botella de vodka. La monofónica vocalización cobró cierto sentido.

Cuando el mensaje terminó las últimas palabras todavía se deslizaban por los toboganes de las orejas de Hargton desnudas y descaradas hacia el oído, con la sonrisa burlona de quien comete un acto prohibido. El hombre las ayudó a caer, tirando de golpe la cabeza hacia atrás mientras se enchufaba otra dosis de vodka. Tragó, y dejó que la fuerza de los grados le shockeara el cuerpo. La ola bajó hasta los pies y volvió a subir, empujándolo a crujir el cuello; entonces pudo comenzar a contemplar que debía tomar una decisión. El pedido no parecía difícil y... Por segunda vez en el día, se dio cuenta de que estaba evaluando seriamente la posibilidad de realizar una acción. Manoteó en unos polvorientos e inasequibles cajones de su cabeza los conceptos de Dios y destino; estornudando espasmódicas reflexiones entre el polvo de su oxidada memoria rápidamente descartó al primero en un noventa por ciento —dejó un diez a la posibilidad de que fuese inconsciente, retardado mental o un sádico hijo de puta—; cuando llegó al segundo concepto el esfuerzo mental lo encontró demasiado débil como para hundirse en otras filosofías. También se reprendió por divagar adrede, y se obligó a pensar en la propuesta del editor.

Seis meses y medio atrás una revista de viajes le había encargado un trabajo en Londres. Lejos de la clásica postal de Picadilly o la loca recorrida por los pubs de vieja madera marina naufragada en cerveza negra con sus abstemias y chivatas campanas, el trabajo consistía en reconstruir en imágenes la ruta de Peter Pan. El particular encargo se volvió más fantástico aún ya que lo realizaría durante su viaje de bodas —su editor, en un gesto de amistad, le encargó el trabajo casi como excusa para ofrecerle una estadía en un cinco estrellas y varios gastos incluidos—. Todavía podía recordar el sol flirteando entre los rulos de Ana, y encontrarse hasta celoso del astro remolón que a las siete de la mañana se colaba por los ventanales del aeropuerto de El Prat para coquetear con su mujer. La escena era ganada por la silueta de ella, brillante, y por la sombra de su mano que desde el contraluz le sorprendía el mechón con unos dedos largos y elegantes, más para acariciarlo que para acomodar su peinado. "Te despeinó un poco el viento, mi amor, cuando bajamos del taxi. Te tendrías que cortar el pelo, lo tienes muy largo", "Sí, lo sé. Pero me gusta como me queda así, o no?", "Sí, mi amor, tu siempre estás bonito", "Ah, sí?" "¡¡¡Sí, sí, en serio, en serio, sí!!!"... El tono de burla, las risas, las rodillas dispuestas a acoger encima el cuerpo amado, los besos mezclados con bostezos y los dos billetes de avión parecían elementos destinados a conformar una felicidad eterna. Y así, sin principio ni fin, volvía la escena a proyectarse en la mente de Hargton.

Luego, el llamado a embarque, el abordaje, un whisky con hielo para ella, un gin tonic para él, una trenza de dedos imitando impúdicos movimientos de piernas hasta apretarse de risas en el apoya brazos del avión, la llegada a la lacónica espera en la cinta para recoger el equipaje y la falsa certeza de tener tanto, tanto tiempo por delante, antes de salir al último viaje a través de la puerta corrediza rumbo a la ciudad del abismo...

Al principio todo marchaba bien, entre otras alegrías hubo una habitación de máximas estrellas y mínima ropa. El fotógrafo conocía la ciudad —Hargton había nacido en Newcastle, había estudiado en Londres y hacía cinco años que vivía en Barcelona donde había conocido a Ana hacía dos—, así que trabajar mientras disfrutaba presentándosela a su recién estrenada esposa —"recién, recién estrenada" como le gustaba decirle a ella para encorvarla de risa y saborear la saliva de menta de esa dentadura tan, tan perfecta— no era un inconveniente.

Los flashes de algunos momentos desde el primer plano de la óptica del protagonista se mezclan con fragmentos de diálogo. También con los datos inmobiliarios e históricos de Sir James Matthew Barrie, el excéntrico y venerado creador de Peter Pan, con los que Roan guió entusiasmado a Ana tras sus victorianas huellas, cámara en mano y, trágicamente, hasta los Jardines de Kesington...

Más que repetir la dirección exacta de la primera casa de Barrie en Londres o la fecha en la que hizo colocar por la noche la estatua de su personaje en el parque para sorprender con su aparición a los madrugadores niños, Roan Hargton recreó durante esas noches de duelo sin fin frases, caricias y suspiros. Un "si me besas saldré volando como Peter Pan" era un mordisco en el dedo de ella; un "el vino me dio ganas de que me saques la ropita y me acuestes junto a ti" era un aliento cada vez más estrecho en la oreja de él; un "hasta que la muerte nos separe" era el tronar de dos anillos que desde sus anulares seguían brindando una y otra vez con esa premonición tan poco feliz...

...Ana, Ana, Ana...

...Y otra mañana, o tarde, o noche; o tal vez no otra, sino la misma, la voz del editor vuelve a la mente de Hargton. Superar la muerte, vivir, vivir, vivir... Revelar...

Lo ha hecho tantas veces, en tantos lugares, con falta de materiales, en condiciones inadecuadas... Y recuerda su pequeño laboratorio ahí, a un paso, cerrado a su herradura; enumera las botellas, huele los líquidos, acaricia y recorre con su memoria los detalles de la ampliadora, el tacto rugoso de la mesa cuando sus yemas la rozaban en busca del film a copiar, y se dice que es fácil abrir la puerta. Revelar, revelar, revelar... Y revelar implica una película, una usada, una que contenga en su interior una captura, de imágenes, de momentos, de Peter Panes y de hadas, de polvos mágicos, de esperanzas que antes de pasar a ser caricaturas retratadas en negativo de un pasado positivo fueron un presente real, de luz, veladas de imprevisto por el olor a neumáticos, por el ruido a muerte ... Sabe que si quiere, no sobrevivir sino seguir adelante aunque el paso implique un acantilado final de locura —o tal vez entusiasmado por esta opción—, su mano debe rebobinar el carrete detenido en la exposición veintitrés de su Canon AE-1, debe abrir la tapa de la cámara, sacar la película y sumergirla en el baño sagrado de ácidos y hechizos que traerá al ser querido de entre los muertos, que liberará al espíritu condenado para escuchar su última verdad, que mostrará la pose final de la escena que ya imaginó con tantas e infinitas variantes en noches que no son noches y en días que son cuartos oscuros. O puede que nada haya sabido de esto, porque no hay certezas, sólo hay meditaciones de dudas acerca de dolores intangibles; pero a los cuales sus manos se revelan, justamente para revelar, y hacer el trabajo que hicieron tantas otras veces, pero sin la trascendencia de esta.

Su mente supo desde el llamado del director que volver a trabajar, a sacar fotos, implicaba revelar ese último carrete; volver a tocar la delgada boca de felpa que había tragado suave y pasionaria, como en comunión, la lengua de celuloide donde todavía latía el cuerpo de Ana. Esa misma felpa que rozaron sus dedos cuando él le pidió que le alcanzara el nuevo carrete del bolso al cruzar el Támesis, antes de que el efecto de un rico vino los pusiera más mimosos, antes de dirigirse a los Jardines de Kesington... Ahora, la imaginó cálida, protegida en la espiral de plástico, abrazada, con esa cara de niña que ponía cuando dormía, a sus imágenes vecinas, junto a recuerdos que sueñan para alargar la espera, con la esperanza de no ser profanados, de no dejar de ser lo que en realidad fueron para transformarse en esa pantomima final de papel mate o brilloso, des-nudos y tergiversados en el espejo deformante de la foto-grafía. La visión vejada por los ojos de aquello que la mente es capaz de conservar con fermentos más acordes al paso del tiempo y a la recreación de los momentos. Hargton sabía que, una vez vista la foto, el recuerdo de lo vivo y en directo es herido de muerte, y a partir de ese momento nunca más podrá ser revivido sin la distorsión de la copia en papel que somos capaces de ver muchas más veces que aquel acontecimiento único. La fotografía crea su propio momento a partir de una toma, de una particular conjugación de circunstancias que hacen que la luz entre de un modo tan variable como infinito a través del lente, y ese momento vivido pase a ser sólo una excusa para una muestra parcial y caprichosa de, con suerte, diez por quince. Pero la necesidad de volver a verla era tan corrosiva...

Sus manos, cubiertas por la bolsa negra, se movieron con la sabiduría de los brujos, tocando y dando paso al ritual de desenvainar el cuerpo a resucitar de su ataúd de plástico y metal, enrollándolo, depositándolo en el sarcófago inundado con los líquidos benditos que le harían beber el agua de una vida tan eterna como ficticia. Fracciones de recuerdos de diversas tomas desfilaron por su mente: el rostro de Ana rompiendo la oscuridad de un baño mientras se pasa rimel en una pestaña, arqueando la frente y entreabriendo sexy la boca; Ana acurrucada en su regazo en la parte trasera de un auto, al borde del fuera de foco por la poca distancia entre el objetivo y ese fragmento de cara dormida semicubierta por los rulos colorados; Ana mostrando su sonrisa más ancha ante el insistente pedido del fotógrafo, a pesar de los cero grados y con una alfombra amarilla de hojas como fondo; Ana espontáneamente feliz, reflejada en el espejo de un hotel, mirando enamorada el lente del fotógrafo que piensa que la escena durará toda la vida... Minutos, fórmulas y plegarias confluyeron burbujeantes por los pasadizos de la fugaz morada donde los débiles fantasmas de celuloide fueron de a poco fijando su lado inverso, entregados sin compasión a complacer los apetitos del efímero rito. Una lágrima solitaria, única como su dolor, resbaló por la mejilla. El hombre, poseído por la fiebre del fotógrafo, no se la secó; la imaginó cayendo en la oscuridad, allá abajo, entre el mejunje manipuleado, como último ingre-diente fundamental para culminar la ceremonia, para concretar el milagro.

Miró sin mirar la tira de negativos, desenfocando la vista, con el justo ajuste para comprobar que los tiempos y las medidas de la fórmula habían funcionado. El lapso que la dejó pendiente de un broche para su secado no puede ser medido por vanas agujas condenadas a peregrinar en una ignorante circunferencia. El trance final para culminar el conjuro tampoco permitía someterse a un tiempo mortal. La ampliadora fijó la proyección del negativo al papel, y éste, todavía invisible, se hundió en el baño final. La luz roja del laboratorio ondeó sobre la superficie de la bandeja de líquidos que acababa de tragarse el papel. Roan taró su vista en el pálido cuadrado blanco, sabiendo que su superficie, más emblanquecida momentáneamente al mojarse, pronto sería marcada por puntos que se harían manchas, por manchas que tomarían formas, por formas que adquirirían sentidos, por sentidos que acelerarían su corazón, que lo matarían... Y el punto fue una pequeña mancha, y la pequeña mancha reveló fragmentos de hojas recortadas en contraluz, fuera de foco, traspasadas por la luz gusano del sol, entre las hojas se cruzó alguna rama y, en el otro ángulo del papel, ya se empezaba a ver un fragmento de césped muy corto, claro... Y ahora en el medio aparecía una textura lisa de un abrigo, un ángulo en punta de un abrigo que cubría una rodilla de una pierna que estaba agachada, pero que se empezaba a levantar, que daba la primera señal de ese movimiento a una mano izquierda todavía fragmentada, pero cuyos dedos estaban estirados, tensos, casi señalando involuntariamente con la delicada uña del dedo índice a la derecha de la escena, una derecha que casi es ángulo inferior porque la cámara se había empezado a torcer, un ángulo derecho que ha sido invadido por un haz brillante de metal, por una pequeña porción de una goma negra desdibujada por la velocidad, una velocidad desenfocada que contrasta con esa otra mano derecha femenina que todavía posa sobre el césped, relajada ante la cámara, concentrándose más bien en lograr la pose sin tocar mucho la superficie mojada del césped para no ensuciarse, pero ya haciendo de apoyo, equilibrando el movimiento de la punta izquierda de la bota que reacciona ante el ruido visual del metal borroneado, una mano que se apoya en una superficie que ya no es horizontal, que está destinada a fallar, a inclinarse como un tobogán hasta deslizar y tirar a ese cuerpo, que ya se revela claramente de mujer, cuya posición es demasiado incómoda, hacia el ángulo derecho que cada vez es más inferior, hacia el papel brilloso que cada vez le da más lugar al fulgor de metal fuera de foco, a los rulos de una cabellera cuyos límites todavía se confunden con el fondo de hojas, que ya forman una vegetación, cuyo rostro comienza a dibujar una boca de labios entrea-biertos, unos labios en los que el eco de la sonrisa parece haber sido capturado en el momento que comenzaba a huir frente a la llegada del estupor, de la incredulidad, sentimientos que Roan adivina y espera encontrar en los ojos de Ana, que han quedado, cómplices a la ceremonia, vacíos, sólo para revelarse ahora, en el último instante, para completar el cuadro, para mirar con un último brillo de fe directo hacia el objetivo, penetrándolo, confiando sin ver en esos otros ojos que están detrás del lente y que tantas veces le juraron con el lenguaje de las pupilas húmedas que siempre estarían ahí, para cuidarla, para responder al silencioso pedido de auxilio, para acudir a la llama final de una plegaria inútil, que grita, grita y grita en el inclinado umbral de la muerte, sentenciada ahora ya para siempre en el inmóvil y perpetuo papel.

Sucedió en Plaza España

Era media mañana, el sol intentaba vencer la resistencia de la bruma a la izquierda de las torres que marcan la entrada al Montjuic, y en su esfuerzo le daba al cielo la intensidad del escenario de una película de ciencia ficción de los años cincuenta. Conociendo los acontecimientos que se decantarían casi inmediatamente, la comparación es haragana. Lo de inmediato, en cambio, lo puedo discutir: hoy creo que es posible porque los mundanos detalles que se anteponen a una tragedia toman el valor de lo eterno, de aquí la trascendencia de las minucias que observé, la elongación del momento. Yo esperaba a una mujer, y de la espera recuerdo hasta la fresca temperatura del granito de los escalones de la Fira en contacto con mi trasero y mis manos, las ínfimas membranas traslúcidas del ala de una abeja que imaginé perdida tras el falso perfume de una flor sintética, una colilla de cigarrillo que arrastrada por la brisa jamás se termina de apagar en mi mente...

Recuerdo la soledad de la espera. Recuerdo la gente que fluía a mi alrededor, como por otra dimensión, lejos de mi cariño, ajena a mis sueños. Es cierto que no estábamos pasando nuestro mejor momento juntos, pero yo esperaba apretando en mis manos la tregua que parara los sorpresivos ataques de ironía, las batallas de sarcasmos. Recuerdo detener mi mirada en cada cara nueva que arrastraba la multitud y la milésima de segundo que tardaba en descartar cada rostro de mi monógama lista de espera. Esa milésima que hace que todos los rostros pasen de ser posibles candidatos a nuestra recepción a hundirse en el anonimato de la humanidad. Recuerdo que también caí en la vana conjetura de que esa milésima es la que nos separa de la dimensión en que todos los rostros nos son conocidos, que sin ella a todos nos sería posible saludar y abrazar. Supe que en infinitas vidas yo esperé a cada uno de ellos; en esta la que yo esperaba no aparecía —también supe que siempre era así; y con una sonrisa resignada me imaginé saludando a cada uno por llegar temprano cuando no correspondía.

El teléfono público no estaba lejos. Recuerdo la perezosa caminata hacia él, el ruido del metal que recubría el cable al moverlo y el contacto del tubo en mi oreja. Recuerdo que fueron cuatro llamados antes de que levantara el tubo, y que al escuchar su displicente tono de voz entregándome un dormido hola, como una mísera limosna engrupida con los aires de la falsa generosidad me invadió la decepción, y que se desató el desastre.

La comunicación se cortó en el instante en que mi enfado ya era transformado por la química de mi devoción hacia ella en preocupación por su destino. Al mismo tiempo vi cómo una señora volaba cinco metros pataleando en el aire como empujada desde la espalda por una patada invisible y gigante. Hubo un segundo estático y perpetuo en que yo no pude hacer más que imaginar la palma de su mano acariciando mi vientre después de comer, muy suave, retardando el cálido avance; y ser consciente de que no la sentiría nunca más. Mientras, las baldosas comenzaban a salpicar sus pedazos como chorros ardientes, y camuflada por las nubes sobre la cima del Montjuic adiviné como una nave oblonga. No había rayos ni ningún efecto especial; el desastre ocurría como en forma independiente a la extraña presencia: las barandas de metal de la boca del metro se retorcían solas, y el autobús que se estrelló contra la fuente de Plaza España parecía conducido por un borracho, pero ver el cielo me bastó para saber de dónde venía aquel pandemónium.

No registraré la fílmica escena de las dos torres partiéndose por la mitad y aplastando en su caída a los insectos erguidos de mi especie. Más que por tacto literario por prudencia del instinto: yo ya estaba de espalda al imprevisto destino en forma de pesadilla de cómic, con el tubo arrancado de la cabina ya inexistente en mi mano y batiendo mi récord de velocidad en cien metros llanos. Recuerdo que recordé una corrida un sábado a las dos de la mañana huyendo, adolescente, de una patota por la calles de Ituzaingó: aquí corrí con más miedo. Recuerdo los fragmentos de baldosas de la acera salpicando ahora sobre mis pies —y no pude evitar el dolor de pensar que era el efecto de su desprecio, del vapor que despedía su mirada cuando en el hervidero de sus pupilas el amor quemado se iba convirtiendo en odio— y mi vista muriendo ciega en la grieta de entrada al metro. No soy capaz de negar si en mi camino sacrifiqué a alguien de un empujón para ganar la carrera. Sé que si ocurriera de vuelta volvería a hacer lo mismo; evaluando las circunstancias actuales también sé que no valdría la pena.

Gané la sombra del subsuelo con el tiempo más o menos justo antes de que el cuadrado de luz se apagara con ruido a derrumbe, y temí que ese primer nivel también se cayera. Alcancé a ver un cartel en catalán cuya primera palabra blanca sobre fondo azul todavía late en mi frente: era Creu; y resbalé hacia él como si fuese la entrada al cielo a punto de cerrarse, entre un eco de gritos y llantos. No recuerdo si tropecé o algo cayó sobre mi cabeza: el sonido de fondo de los lamentos se apagó de golpe y observé azorado pasar gateando a un bebé, al cual se le podían rebanar trozos de carne asada de su cuerpo. Con una sonrisa torció la cabeza hacia mí y me miró ofreciéndose como aperitivo. Imitando torpemente su pose de normalidad rebané una feta con el cuchillo que ya tenía clavado en su carne y con mis dedos llevé el manjar a la boca... Desperté sin abrir los ojos, con la cabeza llena de dolor y el pensamiento de que alguna vez nos habíamos amado tanto que habíamos coqueteado con la posibilidad de comernos mutuamente para llevarnos en particular comunión uno adentro del otro. También pensé que con el recuerdo intentaba sacudirme la culpa y justificar el descarnado sueño. Alrededor, las partículas grises flotaban indecisas a caer o a subir como en una galaxia envasada al vacío. Perpetua simulaba ser su travesía nacida de la tragedia ajena en ese espacio limitado en aire y esperanzas. La tristeza y la alegría bailaban abrazadas con movimientos circulares de vals en el espejado salón de mi alma. Y cada una a su tiempo, al darme la espalda, mecían su vaivén intermitente en mi ánimo como en un divertido juego personal. Así no acababan de asomar lágrimas a mis ojos, no terminaba de dibujarse una sonrisa en mis labios, que en sus rápidos pasos de apasionada danza arrastraban y pisaban mis indefinidos sentimientos por el piso, como los pliegues de un vestido inoportunamente largo. No supe si lo que me ahogaba era la masa de polvo que se me había apelotonado en la garganta y en las fosas nasales, o saberme sobreviviente en un mundo sin ella. Sentí la muerte en mi estómago y en mi cabeza, y vomité una viscosidad negra de tierra y fantasmas.

Opté por bajar hacia los andenes de los ferrocarriles catalanes en lugar de los del metro, porque concluí que sus túneles eran más extensos y a través de sus entrañas podría alejarme más del centro de ataque. Por supuesto que no era el único, pero los que todavía intentábamos buscar una salida, una explicación, no llegábamos ni por asomo a colmar el andén como en la hora punta; y nos mirábamos de lejos, manteniendo la distancia, como si fuésemos ánimas en el purgatorio, como no queriendo admitir el reflejo de nuestro propio destino en los otros. Yo, que odiaba el cigarrillo, bendije a los españoles por ser uno de los pueblos más fumadores de Europa: sin las docenas de encendedores cuyas lenguas de luz lamían con devoción las negras paredes de los túneles hubiese sido imposible la peregrinación por el laberinto de vías...

Carezco de tiempo y papel, casi tanto como de voluntad, para narrar las diversas y extrañas circunstancias que fluyeron hasta el lejano presente. No es importante saber cómo logramos seguir subsistiendo unos pocos, cada vez menos y menos, en ese día tan oscuro y largo. Es suficiente contar que volví a ver la luz del día, aunque no creo que esta añeja medida de tiempo que conlleva intrínsecos conceptos de alba, de verde césped, de sonidos naturales y de esperanza tenga algo que ver con lo que vi; más preciso es afirmar que una última vez salí a la superficie. Es desesperante describir un paisaje para el cual mis ojos no poseen la capacidad de comprender. Creados para combinar y procesar los colores de un orden protegido y privilegiado entre la bóveda celestial y el bendito suelo, se tornaron dos cuencas de cristal manchadas de barro ante aquel caos en el que ni siquiera la línea del horizonte existía. Las imágenes para las que había sido educado ahora eran como fotografías rotas en millones de trozos, vueltos a pegar mezclados; eran otras novedosas imágenes. El collage había deparado que en el cielo, o mejor dicho el lugar hacia el que normalmente levantamos la cabeza esperando ver el cielo, hubiese parte de una calle, el dorsal de un edificio, una franja de césped; el vértigo de una nube pasando dos metros más abajo de donde tendría que haber estado la tierra me derrumbó. Supe que si algún humano hubiese subsistido físicamente a la masiva destrucción exterior hubiese muerto de locura tras contemplar durante algunos minutos aquel desorden; también escuché cómo mi corazón me susurraba que nadie había sobrevivido. Cerré los ojos con miedo y lloré, y pedí un perdón de niño por ver algo que sentí que me estaba prohibido. Metí mi cabeza de topo en el agujero por el que me había asomado para no sacarla más, con el andrajoso e instintivo temor de que el caos también acabara con mi mísera y querida cueva.

Años han pasado durante este espacio en blanco que separa un párrafo de otro, diluidos en el silencio y la esterilidad de la franja de hoja sin escribir. No tengo pruebas, pero sé que soy el único humano sobre la faz de la tierra —también sé que faz y tierra son términos obsoletos—, el último. Los que en un principio habían sobrevivido conmigo han ido muriendo, enfermos, quitándose la vida o rogando para que se la quiten. A alguno le hice el favor, antes de quedar reducido a un anciano tubérculo con dedos de raíces entumecidas que insisten torpemente en aferrarse a este imaginario lápiz de agua y carbón. Es perdonable que todas mis reflexiones estén basadas en antiguos parámetros, de ahí que muchas veces dejo salir la risa a trotar por los túneles de tierra y olvido al encontrarme repasando conocimientos, enumerando ciudades que ya no existen, mencionando en voz alta nombres de actores o títulos de libros de los que no quedan copias, perfeccionando la pronunciación de los idiomas que aprendí. Con el tiempo, y la falta de otras ficciones, hasta he aprendido a dominar el catalán, lengua que nunca estudié (aunque esta afirmación debe tomarse con pinzas, ya que a veces cuando pronuncio mi nombre dudo ante el tosco sonido y me pregunto si no habré olvidado como articularlo). Me da risa, o llanto —en la oscuridad me cuesta distinguir estas emociones, ya que suenan muy parecidas—, pensar que en el espacio que alguna vez fue Barcelona el último sobreviviente capaz de hablar el catalán sea yo, irónicamente yo, un argentino. Pero en cada una de esas palabras también agoniza mi pasado, mi historia, y no puedo evitar intentar darles un soplo de oxígeno, como a la última brasa prendida de la razón, como algunas escasas veces hice con el carbón que servía para preparar lo que en mi tierra natal se denominaba asado.

Por mis poros brota el hedor que anuncia la cercanía de la muerte, siento que día a día se vuelve más vital. No diré que la espero salir de mi cuerpo como a un hijo, pero sí la cobijo como última definición de un diccionario que se me ha ido vaciando de a poco. Muerte. Es la última palabra que me queda, y temo perderla. Porque si "planeta" y "cielo" ya no son demostrables, ¿qué me asegura que la muerte no me niegue su generosa existencia? Hay una opción peor: si el concepto de final comprendido en sus seis letras está asociado a volver al polvo, porque de él está hecho mi cuerpo, encerrado en este amasijo de lodo que flota por un desorden universal ya soy abarcado por el concepto. Ruego —jajaja— que no sea así. Cuando mis dedos dejen de escribir, esperaré la verdad abrazado al recuerdo y al barro de una voz telefónica que se sigue cortando.

Los cuartos que habito

Todo empieza con un pasillo, cuadrado, largo, oscuro, de paredes negras, con ese negro que es un trazo sin fin de crayón en manos de un niño perverso, con esa perversidad inconsciente de un niño que dibuja un pasillo que cae, dobla, sube siempre a una velocidad superior a las de mis pies, a mi mirada de cámara filmadora que cae, dobla y sube buscando el final de luz y salida. Luego aparezco en un cuarto. Es cuadrado y sus paredes sufren un cáncer con forma de humedad. Han sido devoradas hasta que la enfermedad ya no ha tenido de qué alimentarse y también ha muerto sobre su víctima. El putrefacto olor es, así, doble; o triple: el olor de las paredes muertas, el olor de la humedad muerta y el olor de las paredes muertas mientras eran digeridas en el interior de la humedad que murió mientras se empachaba. Creo adivinar alguna gotera, aunque no la veo, y mientras intento escuchar el sonido que me devele su existencia, el aire se hace cada vez más espeso. Es un vapor invisible que debo tragar, que se me atora en la garganta, que me presiona el subibaja de la nuez como un tumor, un bicho escamoso que da vueltas sobre su cola antes de acostarse a dormir la siesta en alguna parte de mis entrañas. A la derecha está la única puerta del cuarto —o la única que soy capaz de ver mientras trago y trago y el bicho ni baja ni se decide a echarse. Tiro de su manija y la logro abrir fácil —hay un alivio en la acción, un alivio como de amor de madre, una seguridad de lecho infantil. Cruzo la primera puerta.

La bocanada de aire, los mocos en la nariz, el manotazo al despertador y el chasquido del interruptor de luz son los primeros signos de que he alcanzado este otro lado, sino real, previsible. Sé que el adjetivo es nimio, pero si tuviese que describir el cielo como si fuese un helado tendría ese dulce sabor de lo conocido. La suave acogida de las pantuflas a mis pies, el sonido de la goma dormida arrastrando por el cálido parqué son cosas que sé que siguen a continuación, que responden a un orden que se irá estableciendo igual que se estableció el día anterior, película cómoda porque ya se ha visto. No es que este lado, que mis compañeros de sueño llaman la realidad, me sea más agradable; de hecho, la mayoría de las veces busco aquel otro de forma temprana y voluntaria, más allá de la necesidad de la carne. Porque lo que busco reposar no son mis pocos baqueteados huesos, sino mi maldita, imparable mente, generadora continua de extrañas reflexiones, proyectora de ilusiones sin sentidos. Así, la esperanza de despertar a lo que quiero creer también como todos es la vida, se va agotando con el correr del sol en el cielo, lenta, imperceptible, inexorablemente. Pero en esos primeros minutos de la mañana —aunque durante un segundo no puedo evitar preguntarme qué es la mañana, o si en realidad existe— casi me creo capaz de unirme a la ceremonia de honrar la vida, aunque sea humildemente, desayunando y yendo a un trabajo eterno, como la mayoría de los mortales. A esa hora mi cuarto alberga efectos personales, signos a los que me aferro con ojos pegoteados, intentando encajarlos en el rompecabezas de los recuerdos que validan mi existencia terrenal. El cuarto es una foto de una madre, un diploma de una carrera, un par de zapatos desparramados por el piso. La foto comprueba un parto; el diploma, años de crecimiento; los zapatos, mis traslados por el espacio de ese mundo que juro quiero creer real. Y vuelvo a la foto de mi madre, a sus abrazos y a su amor, a mi infancia perdiendo los sentidos al hundir mi carita en su pecho de saco de lana, y estoy convencido de que estoy despierto, de que este es el lugar. Eso me empuja a crujir los dedos, a tomar aire y a zamparme las pantuflas, a caminar hacia la puerta, a tomar el picaporte y a tirar de él casi con valor.

El primer aire me da la bienvenida en forma de brisa, me siento más tranquilo. El cuarto, en principio, no trasmite malos augurios. Hay una calma gris, seguida de un rumor marrón de suelas en el pavimento, de apenas perceptibles guiños rojos y azules que de a poco comienzan a poblar las pasarelas aéreas que, ahora las veo, cruzan lo alto del recinto. A continuación descubro la escalera de gentil elevación, de bajos y generosos escalones, de acogedoras balaustradas. Es un camino pura luz, blanco y mármol, un sendero en medio de la confusión. Mientras asciendo y compruebo el poco esfuerzo que la arquitectura me exige, comienzo a creer que las promesas no tienen por qué ser falsas, que mis sentidos no tienen por qué engañarme. Es en este punto cuando percibo que los guiños rojos y azules ocultan siluetas humanas recortadas en la oscuridad: los destellos de colores son sus ojos, órbitas planas de celofán; al mirarlas no puedo evitar que un frío recorra mi espalda y que se me ericen los vellos de los brazos. Me acerco a los seres: tienen algo de autistas, de poseídos. A veces creo que me van a devorar, otras los veo tropezar ciegos por la insuficiente baranda que rodea la pasarela y caer sin gritar en un abismo infinito: ese silencio en caída es más insoportable que el peor de los gritos. Uno de ellos, siempre el mismo, termina por azar o por destino frente a mí. Ante la duda de no saber si soy visto, siento la necesidad —o el miedo— de romper el silencio bovino, y le pregunto qué está haciendo. Ciego tras los anteojos de tercera dimensión me responde: "Estoy viendo mi película" y, tras una pausa en la que no puedo razonar, agrega "Vos también podés ver la tuya", mientras intenta ponerme un par de gafas que acaba de sacar del bolsillo del saco. Corro, corro hacia una puerta que sé que está a mis espaldas incluso antes de darme vuelta. Huyo de esa ficticia realidad en la que están sumergidos, de la que no quiero ser parte. En la carrera puedo calcular que el anhelado rectángulo se recorta precisamente en el centro de una de las paredes del recinto, y comprendo que sería imposible acceder a él sin la pasarela aérea (es la única salida, además de la puerta por la que entré). Sin pensar en el posible otro lado de pesadilla o nirvana, mis dedos fuera de foco se funden al desfigurado picaporte.

Por un momento dejo que las lagañas ganen la pulseada con las pestañas, que las unan con la complicidad de los párpados que juegan a ser más pesados de lo que son. No culpo a quien piense que se trata de miedo a enfrentar la visión de un extraño escenario, pero en realidad el pavor es saber que he vuelto a *casa* —si la expresión me es tolerada. Estoy en un invierno vestido de azulejos celestes, engalanado con el gélido brillo de grifos, con el cristal de lagos en forma de espejos, con una pequeña alfombra blanca de papel a medio desenrollar. El traspaso por el pasillo, que debí cruzar para llegar del dormitorio al baño, nunca es un recuerdo. Desnudo, solo puedo entregarme al ritual, resignarme al frío de cerámica en las plantas de los pies, a abrir el chorro helado que si no pienso, si no pienso, pronto estará caliente. Mientras el agua sube de temperatura y se desparrama desde la nuca a la espalda, y ahora en mi cara, en mi boca y en mi pecho, comienzo a adquirir confianza. Sé que será efímero, pero en ese momento el coraje es real y nadie me puede impedir que lo abrace y lo mime. Cuando el jabón desaparece girando, mareado y llevándose consigo los presagios negativos cañerías abajo, estoy listo para lo que sigue. Me seco, me pongo la bata de toalla y ajusto el nudo del cinturón antes de abrir la puerta.

El escenario es ahora al aire libre, aunque presiento las paredes en algún lugar. La puerta que me escupe parece parte de otra escenografía, fuera de lugar, mágica en medio de dunas infinitas de fina arena, salpicadas por arbustos aislados y agrestes. De repente los veo emerger de más allá del calor. Llevan algo entre sus manos y a la altura de sus caras. Cámaras, cámaras de foto. De hecho, aunque nada me lo dice, simplemente ahora lo sé, son fotógrafos. Se acercan a mí, pero también a más gente que como yo los mira desorientada. Hay más "yo", no porque sean igual a mí, sino porque también representan mi papel. Uno de los fotógrafos, el asignado a mí, se me para delante y apunta, pero la cámara —instantánea— está al revés, es decir que apunta a su cara. Dispara y el flash lo enceguece mientras el papel cuadrado sale despacio hasta caer en la arena. Mientras la recojo, siento que la cámara se dispara una vez más, y otra... Veo la primera foto y es él, pero no el primer plano de su cara quemada por el sol y de arrugas blancas llenas de arena al que apunta el objetivo. Es una panorámica, él agachado en un verde jardín, un césped prolijamente cortado, y un

114

niño que lo abraza como solo un hijo puede abrazar a un padre... La segunda foto, aunque no sé si es la segunda cronológicamente hablando porque en la arena ya se amontonan ocho o diez, y siguen cayendo mientras el hombre se acribilla la cara a clics, lo muestra en una góndola abrazado a alguna mujer amada... Así, caen una gambeta en un potrero y una definición de zurda; un beso en el estribo de un tren en la estación de Termini; un perfume de mujer improvisado como desodorante; un paseo en bicicleta por una isla del Mediterráneo... Son las imágenes de su vida. Y mientras me las regala, veo que su cara se va chupando, consumiendo —a la par de que en las imágenes de papel cada vez se ve más joven, más niño—, y que su alma se vacía y quiero gritar y pararlo, pero solo puedo inundar mis ojos con una vergonzosa incontinencia y huir hacia la puerta mientras me hago dueño y protector de sus perdidos recuerdos.

Hay pasos trascendentales también aquí, entre olores más ricos —por más normales, por más aprendidos—, como la leche con café, Nesquik y azúcar hirviendo en el jarrito, o el del trigo de las rodajas de pan integral mientras se tuesta lento. O eso quiero creer, mientras apoyo mi agitada espalda en la puerta de la cocina. Busco que el líquido caliente baje por mi garganta y arroye las lágrimas y la tristeza corriente abajo, hacia el estómago y más allá de mi comprensión. Olvidarme de todas las fotos que vi de mi vida y de las de los demás. Y en mi afán acerco la palma a la llama de la hornalla, que si creés que todo es sueño o pesadilla, no tenés porque tener miedo, cagón hijo de puta, me arengo mientras el primer pelo chamuscado me hace rabiar de dolor y realidad, y volverme a preguntar por centésima vez cuál es el lado correcto. Acurrucado en el piso, contra los cajones de la mesada, ya dudo en acercarme a la puerta. Al igual que en el sueño nunca me explico cómo soy capaz de dar esos pasos, en qué momento junto el valor para que se produzca el clic que lleve a tomar determinada decisión: como dejar la cama, como desnudarme en un invierno camuflado de baño, como abrir la puerta para ir a jugar a que soy hombre y que tengo un trabajo. Son decisiones mágicas, ocultas tras la química que prueba la existencia de la nada, la inexistencia de Dios. ¿Hay alguna forma de controlar los cuartos? ¿De encajarlos como en un cubo mágico? Debe haber algo mejor, debo buscarlo. Que mi mano quemada active el picaporte y me condene o me salve...

... Me es imposible medir la cantidad de cuartos que he atravesado, el tiempo lo podría redondear en unos cuatro años, tal vez, aunque su relatividad lo ha hecho fulgurante o eterno. Dejando al margen el sufrimiento y la autocompasión, que rota la barrera del dolor, casi dejó de importar, resumiré las pistas que me han llevado hasta el cuarto que he "elegido" como el último. En alguna estantería de algún cuarto con estructura de hierro, seleccioné un libro al azar. Y mientras algo que imaginaba terror se retorcía a mis espaldas, me concentré en el lomo y lo tomé de la estantería. Una vez resignado al destino detrás de mi nuca, fue fácil leer. El autor del libro se llamaba Soppelsa y era arquitecto. No estoy seguro de si se adjudicaba la monstruosa creación de los cuartos, aunque creo más bien que era simplemente un teórico de ellos. Entre tantas teorías conspirativas que exponía y desechaba, logre rescatar algunos datos útiles. Para controlar los cuartos, o al menos para detenerse en alguno de ellos, presagiaba que era necesario contar con datos reales, oficiales, casi burocráticos. "Anclas en el caos", así los definía... Llegué al final de la lectura casi sin darme cuenta de que seguía vivo y de que la muerte a mis espaldas más que un recuerdo era un fantasma vencido. Así, abrí y cerré muchas puertas de muchos cuartos. Hasta que llegué a la que concluye mi relato.

Es un cuarto de hotel. La puerta se cierra y meto la tarjeta en la ranura de la izquierda para activar la luz. El baño está a la izquierda encerrado en una estructura de paredes de cristal. Y la ventana da a una calle que reconozco –¡Oh, verbo sagrado!–. Madrid, septiembre, Hortaleza, habitación 306 (por primera vez recuerdo el exterior de una de las puertas de los cuartos) son datos concretos, piezas perfectas del rompecabezas que me permiten cambiar el tono del relato, hacerlo más personal, susurrarlo como a una plegaria. Sé que tal vez ella —mi compañera en este cuarto— no lo lea, pero es cómo elijo mi final, porque, aunque puede haber otros cuartos, no los relataré (ese es el secreto, esa es mi trampa para romper el maleficio, no avanzar en el juego, detenerlo y detenerme, editar mi viaje y pulsar el botón de pausa justo aquí, dirigirme a ella en este cuarto, recordarla mientras la vivo, y prohibirle a la cadena de cuartos el placer de relatar ni uno más o, lo que es lo mismo, el permitirles existir)... Afuera adivino cómo se cocina el ruido, como grita el calor y como los relojes apuran la vida. Pero el afuera puede no existir en esta habitación de hotel, donde el aire acondicionado ralentiza la temperatura de nuestra piel y prolonga el juego de nuestras lenguas. El tiempo se detiene, y lo persigo y lo alcanzo y lo abrazo, en la yema de sus dedos, lo acorralo y acoso debajo de sus uñas, bebo su eternidad en el nacimiento de sus piernas. Dos noches y una mañana pueden formar en la particular matemática de este cuarto un día en la vida, el cigarrillo de un condenado, la foto de una nota musical, una página bendecida por una conmovedora combinación de palabras. Muy pocas veces a lo largo de una vida (¿o debería decir de los cuartos?) se logra atrapar al tiempo, acariciarlo, estar unos segundos por delante de él, reptil baboso y traidor. Sé que si ella leyera esto (*y sé que es así porque te lo estoy diciendo mientras hipnotizo tu oído en la oscuridad*) le costaría entenderlo, que le debería traducir alguna palabra, pero esto solo lo comprenderé mucho después, cuando me dé cuenta de que desde otra ventana de otro cuarto muchos cuartos atrás, pero de esta misma calle, también alguna vez abusé del amor hasta convertirlo en llaga...

El reflejo de su involuntario striptease en la pared de cristal del baño, como las pulsaciones que producen sus manos en mi cuello, como el aroma de su perfume que todavía se cobija en los poros de mi piel y huelo en mis dedos son secretos que tal vez nunca conocerá. Momentos que me permite robarle, instantáneas que me cuestan revelar con palabras. Luego pensaré que si tan solo tuviera uno de sus cabellos olvidados en la almohada, tal vez me podría ayudar a hilvanar las letras que me devuelvan a sus brazos, las palabras que conformen la ignota plegaria que me arrastre a su boca. Pero ahora todavía estoy sobre ella, en unos segundos tendré su leve mordisco sobre el bíceps izquierdo y la partitura de la irrepetible melodía que su boca compone en mi vientre. Las frases se me mezclan, pero rescato un *sei troppo dolce, così bella* y apenas puedo ahogar el *ti amo* en la zanja casi seca de mi garganta antes de que se escape y la asuste o la dañe.

En algún momento pienso que tal vez nunca más la vea, que tal vez nuestras vidas no se crucen nunca más, pero eso será después de una frase que todavía no he pronunciado, después de *dire tutte le bugie del mondo*. El tiempo volverá a sacarme ventaja, pero ahora, ahora, en este mismo momento que eternizo en el papel con cada letra todavía saboreo cada uno de sus dedos, juego con sus uñas entre mis dientes y desenvuelvo el regalo que me entrega por haberle dado alcance al tiempo en el momento de acariciar su mejilla. Dejaré que me convierta en cenizas, que me arroje al viento. Los otros cuartos serán condenados a la blancura de la hoja que comienza aquí

Otra sirena

Otra sirena pasa apurada por la Diagonal. No la veo, porque la ventana de la oficina en la que trabajo tiene un edificio de por medio con la avenida, pero la oigo. Al igual que he oído las otras cuatro que han pasado desde las nueve de la mañana. Puede ser que los lunes haya más infartos que otros días, sería una buena explicación, o al menos una lógica. A mí no me extrañaría. Tantos edificios con tantos pisos con tantas oficinas con tantas ventanas con tanta gente encerrada en cubículos grises con tantas pilas de papel alrededor de la gente que viene de saborear las cuarenta y ocho horas de libertad condicional del fin de semana. Es lógico, después de probar el sol, la brisa del viento, el ver cómo unas manos amadas amasan albóndigas y rayar el pan duro para que esas manos amadas puedan seguir amasando, es difícil resignarse a esto. A estas pilas de papeles de contratos que tienen aspecto de nuevos, pero que hace años que llegan, se amontonan y se despachan en oficinas como estas en ciudades tan distantes como símiles a estas en tantos lugares. Da lo mismo que en estas celdas de la civilización urbana ahora haya ordenadores en lugar de máquinas de escribir, o fotocopiadoras en lugar de mimeógrafos; que los transportes públicos con los que se llega a ellas ahora tengan suspensión hidráulica; o que los uniformes que usamos para asistir a ellas se hayan democratizado. Que se pueda venir a trabajar con jeans y camiseta en lugar de traje no hace menos absurdo el horario de ocho horas, el fichar, el cumplir, el obedecer a un imbécil al que el destino le otorgó el lugar de jefe. Papeles, papeles; papeles y clips; papeles y sobres; papeles y golpes de sellos que estampan su ruido de sentencia de cinco días en este lunes tan gris de comienzos de condena. Papeles que suben mi nivel de ansiedad y bajan el tamaño de los bosques, para que haya menos verde y cada vez más gris en esta oficina de esta ciudad de cualquier lugar de este mundo gris que conforman las ciudades. El pocillo de café, el periódico, las agujas del reloj, el llamado del teléfono, elementos comunes de los interminables días entre frías paredes que dan las espaldas al sol y ofrecen sus balcones como morgues a macetas muertas y olvidadas.

Otro día igual al anterior, aburriendo a la vida con papeles hasta que los días ya no pasan como días sino como segundos y los años vuelan sin darnos cuenta del poco tiempo que les dedicamos a las personas que nos aman hasta que ya es demasiado tarde entre sello y sello para decirle te quiero a alguien que acaba de morir mientras es trasportado en alguna ambulancia y otra sirena pasa apurada por la Diagonal.

Barcelona, lunes 15 de octubre de 2007

Mientras sueño

Cuando desperté, varias lunas habían escondido y vuelto a mostrar sus diversas formas en el cielo, y mis dientes medían algunas milésimas menos, desgastados por la erosión de la fricción nocturna en la que se trenzaban cada vez que me dormía. Lo sabía por el dolor de cabeza y por ese regusto a sangre en mi lengua que me servía de bienvenida cada vez que volvía en mí. Mis ojos todavía latían inflamados y sentía la marca de la almohada en la mejilla derecha, como la huella de una plancha o de una rama con espinas. La voz de Adolfo llegó hasta a mí como muy lejana desde la cabecera de la mesa, mientras me despegaba del sofá de cuero que me había acogido:

—Buenos días, príncipe durmiente; o debería también decir feliz cumpleaños y próspero año nuevo para ponerme al día con los saludos que te has perdido en este tiempo.

—Si es que bueno, feliz y próspero son adjetivos todavía útiles —respondí intentando estar a la altura de su habitual lucidez.

—Bueno, la situación no es tan mala. Es verdad que afuera no queda absolutamente nada del mundo, pero nosotros cuatro estamos aquí, a salvo y con provisiones para pasar la eternidad. Aunque todo eso ya lo sabes, ¿verdad?

En mis sueños había habido más cosas. Había habibido un *tablao* flamenco donde sentí la pasión, una mariposa de luz que se escondía en mi oreja y me hacía suspirar extasiado, una chica italiana cuya sonrisa dejaba vislumbrar el secreto del sol, y un tren moderno, veloz y acogedor que siempre me dejaba en la parada de la felicidad. Pero es verdad que también había soñado eso otro. Sin detalles de la destrucción, solamente la nada afuera, una nada negra y roja, nosotros cuatro adentro de un castillo o una mansión, a salvo y festejando la muerte de los demás, que significaba nuestra salvación. Pero no tenía ánimos de discutir esos detalles con ellos.

—Me hubieran despertado —dije a modo de bostezo.

—¿Para qué? Se te veía tan feliz. Con tres vigilando todo esto es suficiente, al menos para ti todo es un sueño hasta que te despiertas. Y cuando despiertas, además, ya estás preparado para aceptarlo como una realidad, sin sufrir, ni reclamar porqués a dioses inexistentes. En fin, lo importante es que estamos a salvo.

Desde el otro lado de la mesa, se sintió la voz de Nicolás: —Tus soberbias palabras hacen más patético el suceso ¿Acaso vale la pena sobrevivir en un mundo sin la fresca fragancia de los jazmines? ¿Sin el tronar del cielo ante una súbita tormenta de verano? ¿Sin el dulce néctar del higo maduro que llena de electricidad el paladar? ¿Sin ninguna mujer sorprendida por la llegada de un espectacular ramo de rosas rojas?
—No exageres Nicolás, no creo que nunca hayas sorprendido a ninguna mujer con ningún ramo. No extrañes cosas que nunca has tenido.
—Recurre a tu sarcasmo, Adolfo, abrázalo y mímalo

y riégalo para que crezca y cubra los muros de esta, nuestra fortaleza y nuestra cárcel si en ello encuentras consuelo.

—No inicies discusiones de niñas. Están demodé. Entérate, las niñas han dejado de existir. Ya no queda ninguna sobre la faz de la tierra. Y no agobies a nuestro recién levantado amigo con detalles climatológicos y de flora que ya conoce por haberlos soñado.

Ignoré la curiosidad de pregunta que empapaban las últimas palabras de Adolfo. Aunque el eco que producían las altas paredes hacía difícil evitar oírlas segundos después de su pronunciación. Pero sabía todo eso y más. Que el silencio del aire ya no tendría el consuelo del canto de los pájaros, que las madrigueras de las liebres ya no acogerían nuevas crías, ni los cazadores obtendrían presas frescas, ni la tierra otrora fértil sentiría sobre sí la marcha de ningún cazador... Mis párpados seguían hinchados. Me levante y me dirigí a una pequeña nevera que había al costado del bar, donde ya sabía que iba a encontrar una botella de Coca Cola muy fría.

—Veo que sabes donde está tu bebida favorita aunque dormías mientras acomodábamos las cosas. Tu sueño te ahorra muchas preguntas, Martín.

Sonaba tan ajeno mi nombre en boca de Adolfo, tan anónimo no pronunciado por la boca de la mujer soñada, con aquel acento casi napolitano: —Puedo oler la Coca Cola a kilómetros. No subestimes mis otros sentidos en favor de mis predicciones oníricas.
—¿Las llamas predicciones ahora? Pensé que eran más bien presentimientos.

—Puedes jugar con las palabras si te divierte. Y regarlas, como dice Nicolás, para que crezcan y cubran estas paredes. Pero, para variar, podrías hacer que cubrieran los muros del lado de afuera en lugar de los de adentro, que no nos quedará mucho oxígeno para nosotros con tanto vegetal en prosa trepando hasta el techo.

—Cierra filas junto a tu leal amigo de debate. Pero eso no logrará que el perro fiel mueva una pata cuando llegue la hora de salvarte y sigas dormido. No será él quien más fuerza haga cuando haya que cargarte. Él solo puede llevar consigo el olor de las flores cuya muerte se niega a admitir, el trotar de animales calcinados y el sabor de amores que yacen en tumbas sin nombre.

—Dije y repito, me hubieran despertado.

—Sabes que morirías si lo hiciésemos, o algo peor. Tal vez quedarías tarado para siempre y encima tendríamos que cuidarte sin los escasos ratos de lucidez como con el que nos complaces ahora –y Adolfo levantó una copa en mi honor antes de beber un sorbo de borgoña. Sabía que era borgoña porque también había soñado cómo se lo servía en la copa antes de despertarme.

—Llegado el caso, me podrías sacrificar. Bien visto, sería como mandarme a que siguiera durmiendo.

"Esa es la única duda". La voz sonó por primera vez desde un rincón oscuro del salón. Maxi estaba parado, vestido en traje oscuro y fumando un cigarrillo negro.

Sabía qué significaban sus palabras, y también los demás, que agacharon la mirada hacia la mesa; Nicolás con tristeza, Adolfo con incomodidad. Vertí un trago de Coca Cola helado en mi garganta y el dulce frío me dio la alegría suficiente como para hablar con sinceridad: –Sé, porque también lo he soñado, que sospechan que mis sueños no son presentimientos, ni siquiera predicciones oníricas. He soñado los diálogos que han tenido acerca de si esa destrucción que acababa con el mundo que amaban era creada a medida que la soñaba. Si son mis sueños y pesadillas los causantes de sus desgracias.

—¿Cómo vamos a pensar algo que ni siquiera es posible? –interrumpió a modo de excusa Nicolás.

—¿Por qué no? La explicación no es menos lógica o más fantástica que un cataclismo llegado en forma de meteoro, o el desborde de la furia de Dios o del Diablo. Lamentablemente, queridos amigos, yo no poseo la respuesta a esa pregunta. Es tal vez lo único que no he soñado. Aunque debo admitir que, al soñar los diálogos que tuvieron de camino hacia aquí, me hicieron vislumbrar esa novedosa opción desde que me desperté por primera vez, hace... ¿cuánto?, ¿un año?, ¿diez?, y los vi habiéndolos soñado antes. Ustedes me explicaron lo de mi accidente, lo de mi amnesia, las hospitalarias razones que justificaban las lagunas en mi memoria en lo que respecta al pasado, y yo prefería escucharlos antes que explicarles que ya sabía casi todo, que ya había escuchado mientras dormía las explicaciones médicas que habían intercambiado en el pasillo de la clínica. Luego vino todo lo demás, ya lo saben. Mis largos periodos de sueño que ni siquiera me posibilitan medir el tiempo transcurrido, al menos vuestro tiempo. Y los sueños cada vez peores, los que nos han traído hasta aquí.

—Entonces, ¿aceptas que son tus sueños los que nos han traído aquí? —arrojó Adolfo la frase como una carta de dudoso valor en la mesa.

—No lo acepto ni lo dejo de aceptar. No tengo ni puta idea. Solo sé que soñé la pistola que Maxi guarda en el bolsillo de su pantalón, pero no sé si yo la puse ahí al soñarlo, o él la puso en mis sueños al empuñarla.

—Todavía no la había empuñado —dijo Maxi sacando el arma y apuntándola hacia mí, sin presagio de amenaza, como si fuera un encendedor o una cámara de fotos.

—Sabes que no tengo el poder de soñar lo que va a ocurrir cuando estoy despierto. Solo lo que ocurre mientras duermo. También sé que mientras estoy despierto, y soy conciente de ello porque los he escuchado a ustedes debatirlo mientras yo dormía, la destrucción no avanza. Que los seres queridos no dejan de latir, ni los labios de las amadas se tiñen de azul. También comparto el mismo miedo que ustedes, compañeros. ¿Qué ocurre si me disparan? ¿Se detendrá finalmente la pesadilla a la que los he arrastrado? ¿O seguiré soñando eternamente nuestro infierno?

Maxi me miró tenso. Los otros estaban inmóviles. Observando la pistola de Maxi, no pude evitar una sonrisa melancólica. —¿Por qué sonríes? —preguntó.
—Me alegra no saber lo que va a pasar. Si tu pistola desprenderá o no humo. Me gustaría pensar que

esta última decisión depende de ti. Que por fin un hecho no es conocido en algún lugar de mi mente.

Uno... Dos... Tres... El trueno parte en la noche con una finísima chispa y un agradable olor a pólvora. La botella de Coca Cola escapa suave de mi mano, imagino que buscando un barullo de vidrio y gas efervescente por allá abajo. Me pregunto mientras me desvanezco si volveré a soñar, si besaré una vez más aquella boca extranjera o si finalmente descansaré y dejaré en paz a mis amigos.

Índice